loqueleo

DOS NIÑOS Y UN ÁNGEL EN NUEVA YORK

Título original: *From the Mixed-up Files of Mrs. Basil E. Frankweiler*

D.R. © E. L. Konigsburg, 1967, 1995, 2002
D.R. © de la edición original en inglés: Atheneum Books
    for Young Readers, 2013
Publicado por acuerdo con Atheneum Books for Young Readers,
un sello de Simon & Schuster Children's Publishing Division.
D.R. © de la traducción: Jeannine Diego, 2015

D.R. © Editorial Santillana, S.A. de C.V., 2016
    Av. Río Mixcoac 274, piso 4
    Col. Acacias, México, D.F., 03240

ISBN: 978-607-01-2996-4

www.loqueleo.santillana.com

Printed in the USA by Thomson-Shore, Inc.
22 21 20 19 18   1 2 3 4 5 6 7 8 9

Dos niños y un ángel en Nueva York

E. L. Konigsburg

Ilustraciones de la autora

Para David, con amor y signos de más

Para mi abogado, Saxonberg:

No puedo decir que disfruté de tu última visita. Era obvio que tenías demasiadas preocupaciones como para poner algo de atención en lo que yo intentaba decir. Tal vez si te interesara el mundo más allá de las leyes, los impuestos y tus nietos, casi podrías ser una persona fascinante. Casi. Esa última visita fue de un tedio absoluto. Pasará un buen tiempo antes de que me arriesgue a soportar otra visita así de aburrida, por lo que le pediré a Sheldon, mi chofer, que te lleve este relato hasta tu casa. Lo escribí con el fin de explicar ciertos cambios que deseo hacer en mi testamento. Entenderás mejor dichos cambios (así como muchas otras cosas) después de haberlo leído. Te estoy enviando una copia al carbón; yo conservaré el original en mis archivos. No aparezco sino hasta muy avanzada la narración, pero no importa: encontrarás suficiente material como para mantener tu interés hasta entonces.

No te imaginabas que escribía tan bien, ¿verdad? Claro, aún no lo sabes, pero pronto lo sabrás. Le he dedicado mucho tiempo a este archivo. Escuché, investigué y reuní todas las piezas como si se tratara de un rompecabezas: no dejo ningún resquicio de duda. Bueno, Saxonberg: lee y entérate.

Mrs. Basil E. Frankweiler

Claudia era consciente de que jamás se fugaría de la forma tradicional, es decir, presa de un arrebato de ira y con una mochila al hombro. No le gustaba la incomodidad; vaya, hasta los picnics le parecían molestos y caóticos con todos esos insectos que andan por ahí y el sol derritiendo el betún de los panquecitos. Por tanto, decidió que escaparse de su casa no sería meramente salir corriendo de un lugar, sino salir corriendo hacia un lugar. Hacia un lugar grande, un lugar cómodo, un lugar bajo techo y, de preferencia, un lugar hermoso. Y es por eso que eligió el Museo Metropolitano de Arte en la Ciudad de Nueva York.

Planeó todo con mucho cuidado; ahorró el dinero de sus domingos y eligió por acompañante a Jamie, el segundo de sus tres hermanos menores, pues podía contar con que permanecería calladito y que, de vez en cuando, la haría reír. Además, era rico; a diferencia de la mayoría de niños de su edad, jamás había iniciado una colección de estampas de beisbol, por ejemplo. Guardaba prácticamente cada centavo que recibía.

Pero Claudia esperó para decirle a Jamie que lo había elegido. No podía estar segura de que él guardaría silencio durante mucho tiempo; y, según sus cálculos, a Claudia le haría falta *ese tiempo* para ahorrar sus domingos. No tenía sentido huir sin dinero: la vida en los suburbios le había enseñado que todo cuesta.

Tenía que ahorrar lo suficiente para los boletos de tren y para algunos gastos antes de hablar con Jamie o de hacer planes definitivos. Por estar pensando en eso, casi olvidaba por qué había decidido irse, aunque no del todo. Claudia sabía que tenía algo que ver con la injusticia, pues la vivía en carne propia. Tal vez porque, al ser la hija mayor y la única niña, tenía que vaciar el lavavajillas y poner la mesa cada noche, mientras que sus hermanos se desentendían de todo. Aunque quizá había otro motivo más evidente para mí que para Claudia. Un motivo que tenía que ver con la rutina de cada semana. Le aburría ser meramente la Claudia Kincaid que se sacaba puros dieces. Estaba harta de discutir acerca de a quién le tocaba elegir el programa de televisión de los domingos a las siete y media de la noche, de la injusticia y de la monotonía de todo.

Lo que le daban de domingo era tan poco que había dejado de comer helado de vainilla con jarabe de chocolate durante tres semanas, y ése era otro ejemplo de la injusticia a la que estaba sometida. (Como siempre usas el automóvil para ir a la ciudad, Saxonberg, es probable que no sepas cuánto cuesta el tren. Te lo diré: la tarifa completa de un viaje sencillo es de un dólar con sesenta centavos. Claudia y Jamie podían viajar por la mitad de eso, ya que ella aún estaba a un mes de cumplir doce años y Jamie era más chico: sólo tenía nueve.) Como Claudia tenía la intención de regresar a casa una vez que todos hubieran aprendido a valorarla, también tenía que ahorrar para el viaje de vuelta, que costaba lo mismo que una tarifa completa de un viaje sencillo. Claudia sabía que cientos de personas que vivían en su pueblo trabajaban en oficinas ubicadas en la Ciudad de Nueva York y podían pagar la tarifa completa de ida y vuelta. Como su papá. Después de todo, Greenwich era considerado un suburbio de Nueva York, un suburbio cuyos habitantes van todos los días a su lugar de trabajo.

Aunque Claudia sabía que la Ciudad de Nueva York no estaba muy lejos, o al menos no tan lejos si consideraba el tamaño y la cantidad de injusticias perpetradas en su contra, sabía también que era un buen lugar para perderse. Las señoras del club de Mah-Jong, al que asistía su mamá, la llamaban "la ciudad". La mayoría jamás se había atrevido a ir; era demasiado cansado y se estresaban. Cuando Claudia estaba en cuarto año de primaria, su grupo había ido de excursión a visitar los sitios históricos de Manhattan. A Johnathan Richter su mamá no lo dejó ir por miedo a que se fuera a separar del grupo a causa de las aglomeraciones que se dan en Nueva York. La señora Richter, quien era todo un personaje, decía que estaba segura de que su hijo "volvería a casa perdido", y pensaba que el aire era demasiado malo para que él lo respirara.

Claudia amaba la ciudad porque era elegante, era importante, era animada; era el mejor lugar del mundo para ocultarse. Estudiaba los mapas y la guía para turistas de la Asociación Automovilística Americana y examinó cada una de las excursiones que había hecho su grupo de la escuela. Diseñó un curso especializado de geografía para sí misma. Incluso había algunos folletos del museo en la casa, los cuales analizó sin que nadie se diera cuenta.

Además, Claudia decidió que sería bueno acostumbrarse a renunciar a las cosas. Empezaría por aprender a vivir sin los helados de vainilla con jarabe de chocolate, así que se contentó con las paletas heladas que su mamá guardaba en el congelador. Normalmente, el gasto de Claudia en los helados de vainilla con jarabe de chocolate era de cuarenta centavos por semana. Antes de tomar la decisión de huir, pensar qué hacer con los diez centavos que le sobraban cada semana de su domingo había sido la más grande de las aventuras. Aunque a veces ni siquiera contaba con esos diez centavos, ya que perdía cinco cada vez que rompía una de las reglas de la casa, como por ejemplo la de olvidar tender su cama en la mañana. Estaba segura de que recibía menos dinero de domingo que cualquier otro niño de su salón: la mayoría de los chicos de sexto año de primaria jamás se quedaban sin una parte de su dinero, pues tenían sirvientas de tiempo completo y no una señora que iba a limpiar la casa sólo dos veces por semana. En una ocasión, cuando ya había comenzado a ahorrar, la nevería anunció un descuento especial. El letrero del aparador decía HELADO CON JARABE DE CHOCOLATE CALIENTE A 27 CENTAVOS. Compró uno, sólo retrasaría su huida por veintisiete centavos. Además, una vez tomada la decisión de irse, disfrutaba planear la fuga casi tanto como gastar dinero. La planeación larga y esmerada era uno de sus talentos especiales.

A Jamie, el hermano elegido, ni siquiera le interesaban los helados de vainilla con jarabe de chocolate, aunque podría haberse comprado uno por lo menos cada dos semanas. Un año y medio atrás, Jamie había hecho una compra importante: se había gastado su dinero de cumpleaños y parte de su dinero de Navidad en un radio de transistores, hecho en Japón, que había adquirido en Woolworth. A veces, compraba una pila para el radio. Seguramente necesitarían el radio: una razón más para elegir a Jamie.

Los sábados, Claudia vaciaba los botes de basura, una tarea que detestaba. Había tantos... Cada miembro de su familia tenía su propia recámara y su respectivo bote de basura, salvo su mamá y su papá, que dormían en la misma habitación y compartían el mismo cesto. Casi todos los sábados, Steve vaciaba su sacapuntas dentro del bote de su cuarto, ella sabía que Steve lo ensuciaba a propósito. Un sábado, mientras Claudia iba cargando el bote de basura de la recámara de sus papás, lo sacudió levemente para que se asentara el contenido y no se le desparramara en el camino; ese bote siempre estaba llenísimo porque eran dos los que lo usaban. Con el movimiento, quedaron encima unos *kleenex* con los que su mamá se había limpiado el exceso de lápiz labial, y descubrió la orilla de un boleto rojo. Con las puntas de sus dedos índice y pulgar, como si fueran pinzas, jaló y descubrió un pase de diez viajes para el tren de Nueva York, New Haven y Hartford. Pases a medio usar no suelen aparecer en los botes de basura; aparecen en los bolsillos de los conductores de tren. Nueve de los viajes de un pase aparecen como cuadritos en la orilla inferior, y por cada viaje que se hace, se perfora un cuadrito; para el décimo viaje, el conductor recoge el pase. Seguro la señora de la limpieza, que había ido el viernes, se lo encontró y pensó que no le quedaban más viajes, ya que los nueve cuadritos estaban perforados, y lo tiró. La señora de la limpieza jamás viajaba a Nueva York, y el papá de Claudia nunca le ponía demasiada atención a las monedas de sus bolsillos o a sus pases de tren.

Tanto ella como Jamie podrían viajar con ese pase, ya que dos medias tarifas equivalían a una completa. Ahora podrían abordar el tren sin necesidad de comprar boletos. Además evitarían al jefe de la estación ferroviaria y cualquier pregunta tonta que se le pudiera ocurrir. ¡Qué hallazgo! Debajo de un montón de *kleenex* con besos de lápiz labial, Claudia había descubierto un viaje gratis, así que lo consideró como una invitación. Partirían el miércoles.

El lunes por la tarde, en la parada del autobús de la escuela, Claudia le dijo a Jamie que quería que se sentara con ella porque tenía algo importante que decirle. Por lo general, los cuatro hermanos Kincaid no caminaban juntos ni se esperaban unos a otros, a excepción de Kevin, quien estaba a cargo de uno de ellos cada semana. Las clases habían comenzado el miércoles después del Día del Trabajo. De modo que su "semana fiscal", como solía llamarle Claudia, siempre comenzaba en miércoles. Kevin tenía sólo seis años e iba en primer grado y todo el mundo le prestaba mucha atención, en especial, opinaba Claudia, la señora Kincaid. Claudia también pensaba que estaba muy mimado y terriblemente malcriado. Uno podría creer que sus papás ya sabrían educar niños para cuando llegó Kevin, su cuarto hijo; sin embargo, no habían aprendido. Claudia no recordaba haber estado bajo el cuidado de nadie durante su primer año escolar. Su madre simplemente la había recibido en la parada del autobús todos los días.

Jamie quería sentarse con su amigo Bruce. Jugaban a las cartas en el autobús; cada día significaba la continuación del anterior. (El juego no era demasiado complicado, Saxonberg. Nada tremendamente sofisticado. Jugaban "guerra", ese juego sencillo en el que cada jugador saca una carta y la pone boca arriba, y el que saca la de mayor valor se queda con ambas. Si las cartas son iguales, se da una guerra que consiste en sacar más cartas; el ganador se queda con todas las cartas de la guerra.) Cada tarde, cuando Bruce se bajaba en su parada, se llevaba su montón de cartas a casa; Jamie hacía lo mismo. Siempre juraban no barajarlas. Una parada antes de llegar a la de Bruce, suspendían su juego, sujetaban los montoncitos con unas ligas, cada uno sostenía el suyo bajo la barbilla del otro y escupía en las cartas, diciendo: "No las barajaré". Luego cada uno daba unas palmadas a su montón y lo metía en el bolsillo.

A Claudia, el procedimiento le parecía asqueroso de principio a fin, así que no tuvo ningún sentimiento de culpa cuando alejó a Jamie de su preciado juego. Sin embargo, Jamie estaba enojado; no estaba de humor para escuchar a Claudia. Encorvado en su asiento, fruncía el seño y hacía pucheros con los labios. Parecía un neandertal en miniatura y sin barba. Claudia guardó silencio y esperó a que se le pasara el enojo.

Jamie fue el primero en hablar.

—Híjole, Claudia. ¿Por qué no molestas a Steve?

—Pensé, Jamie, que te darías cuenta de que, obvio, no es a Steve al que quiero —respondió Claudia.

—Pues entonces —le imploró Jamie— ¡quiérelo, quiérelo!

Claudia había planeado su discurso.

—Te quiero a ti, Jamie, para emprender la aventura más grande de nuestras vidas.

Jamie habló entre dientes.

—Pues no me importaría si eligieras a otra persona.

Claudia miró por la ventanilla sin responder.

—Bueno, pues ya que me tienes aquí, cuéntame —dijo Jamie.

Claudia siguió sin hablar y continuó mirando por la ventanilla. Jamie se impacientó.

—Te dije que ya que me tienes aquí, me cuentes.

Claudia permaneció en silencio. Jamie explotó:

—¿Qué te pasa, Claude? Primero le das la torre a mi juego de cartas y luego no me dices nada. Es *desdecente*.

—Se dice dar *en* la torre, no dar la torre, e *indecente*, no desdecente —corrigió Claudia.

—¡Bueno, pero me entendiste! Ya dime lo que me ibas a decir —le exigió.

—Te he elegido para que me acompañes en la aventura más grande de nuestras vidas —repitió Claudia.

—Eso ya lo dijiste —apretó los dientes—. Ahora explícame.

—He decidido fugarme de casa, y te he elegido a ti para que me acompañes.

—¿Y por qué a mí? ¿Por qué no eliges a Steve? —preguntó.

Claudia suspiró.

—No quiero a Steve. Steve es uno de los motivos por los que estoy huyendo. Te quiero a ti.

Muy a su pesar, Jamie se sintió halagado. (El halago es un mecanismo tan importante como la palanca, ¿no es así, Saxonberg? Dale un lugar adecuado para apoyarse, y es capaz de mover al mundo.) Movió a Jamie. Dejó de pensar ¿Por qué *a mí*? y comenzó a pensar *Soy el elegido*. Se enderezó en su lugar, abrió el cierre de su chamarra, subió un pie al asiento, colocó las manos sobre su rodilla doblada y, por la comisura de su boca, dijo:

—Okey, Clau. ¿Cuándo nos *escarpamos*? ¿Y cómo?

Claudia suprimió el deseo de corregir su gramática de nuevo.

—El miércoles. Te voy a decir cuál es el plan. Escucha con atención.

Jamie frunció el ceño y dijo:

—Hazlo complicado, Clau. Me gustan las complicaciones.

Claudia rio.

—Tiene que ser sencillo para que funcione. Nos iremos el miércoles porque el miércoles es la clase de música. Voy a sacar mi violín de su estuche y lo voy a llenar de ropa. Tú haz lo mismo con el estuche de tu trompeta. Trae todos los calcetines y toda la ropa interior limpia que puedas y por lo menos otra playera.

—¿Todo eso en el estuche de la trompeta? Debí de haber aprendido a tocar el contrabajo.

—Puedes meter algo en mi estuche; y también guarda algo en tu mochila. Lleva tu radio de transistores.

—¿Puedo ponerme tenis? —preguntó Jamie.

Claudia respondió:

—Por supuesto. Una de las tiranías de las que te librarás al escaparte conmigo es que ya no usarás zapatos todo el tiempo.

Jamie sonrió, y Claudia supo que era el mejor momento para preguntar. Casi logró sonar casual.

—Y trae todo tu dinero —carraspeó—. Por cierto, ¿cuánto tienes?

Jamie volvió a poner el pie en el suelo, miró por la ventana y preguntó:

—¿Por qué quieres saberlo?

—Por el amor de Dios, Jamie. Si estamos juntos en esto, estamos juntos. Tengo que saberlo. ¿Cuánto dinero tienes?

—¿Puedo confiar en que no se lo dirás a nadie?

Claudia se estaba enojando.

—¿A poco yo te pregunté a ti si podría confiar en que no se lo dirías a nadie?

Apretó los labios y exhaló dos veces por la nariz; de haberlo hecho con más fuerza, habría sonado como un ronquido.

—Pues verás, Clau —susurró Jamie—, tengo mucho dinero.

Claudia pensó que el buen Jamie acabaría siendo un magnate algún día, o por lo menos un abogado fiscal como su abuelo. No le dijo nada.

Jamie continuó:

—Clau, no le vayas a decir a mis papás, pero yo apuesto. Esos juegos de cartas con Bruce son con dinero. Cada viernes contamos nuestras cartas y él me paga. Dos centavos por cada carta que yo tenga de más, y cinco centavos por cada as. Y yo siempre termino con más cartas que él, y con al menos un as más que él.

A Claudia se le agotó la paciencia.

—¡Ya dime cuánto tienes! ¿Cuatro dólares? ¿Cinco? ¿Cuánto?

Jamie se acurrucó en la esquina del autobús y le reveló:

—Veinticuatro dólares con cuarenta y tres centavos.

Claudia se sobrecogió y Jamie, disfrutando de su reacción, añadió:

—Espérate al viernes. Los convertiré en veinticinco cerrados.

—¿Cómo le haces? Tu domingo es de veinticinco centavos. Veinticuatro con cuarenta y tres más veinticinco centavos, son veinticuatro dólares con sesenta y ocho centavos.

Los detalles nunca se le escapaban a Claudia.

—Lo demás se lo ganaré a Bruce.

—Ay, Jamie, ¿cómo puedes saber desde el lunes que le ganarás el viernes?

—Lo sé y ya —respondió Jamie.

—¿Cómo lo sabes?

—Jamás lo revelaré.

Miró a Claudia a los ojos para medir su reacción. Se veía confundida. Jaime sonrió y ella también, pues estaba más segura que nunca de haber elegido al hermano correcto como su compañero de fuga. Se complementaban a la perfección: ella era cautelosa (con todo, salvo con el dinero) y pobre; él era aventurero (con todo, salvo con el dinero) y rico. Más de veinticuatro dólares: un dineral para meter en sus maletas, si fueran a usar maletas en vez de estuches para instrumentos. Ella ya tenía cuatro dólares con dieciocho centavos. Se escaparían con absoluta comodidad.

Jamie esperó a que Claudia terminara de pensar.

—Entonces ¿qué? ¿Esperamos hasta el viernes?

Claudia vaciló un momento.

—No, nos tenemos que ir el miércoles. Te voy a escribir todos los detalles de mi plan, pero no debes enseñárselo a nadie. Memoriza cada punto, luego destruye el papel.

—¿Me lo tengo que comer? —preguntó Jamie.

—Sería mucho más sencillo hacerlo pedazos y botarlo a la basura. Nadie en nuestra familia, salvo yo, hurga en ella. Y sólo si no está sucia y llena de virutas de lápiz, o de cenizas.

—Me lo voy a comer. Me gustan las complicaciones —dijo Jamie.

—También te ha de gustar la pulpa de los árboles —dijo Claudia—. De eso está hecho el papel, ¿sabes?

—Sí, ya lo sé, ya lo sé —respondió Jamie.

No volvieron a hablar hasta que se bajaron del autobús. Steve descendió después de Jamie y Claudia.

—¡Clau, Clau! Te toca llevar a Kevin. Si se te olvida te acuso con mi mamá —gritó Steve.

Claudia, que se había adelantado junto con Jamie, se detuvo, corrió de regreso al autobús, tomó la mano de Kevin y volvió sobre sus pasos, jalándolo de lado y ligeramente detrás de ella.

—Quiero caminar con Stevie —gritó Kevin.

—Por mí estaría mejor, Kevin Consentido —respondió Claudia—, pero resulta que hoy la responsabilidad es mía.

—¿De quién es la *sponsablidad* después?

—El miércoles le toca a Steve —le respondió Claudia.

—Quisiera que le tocara todas las semanas —gimoteó Kevin.

—A lo mejor se te cumple el deseo.

Kevin jamás captó, ni entonces ni después, que le había dado una pista, y se fue haciendo pucheros durante el resto del camino a casa.

2

La noche del martes, bajo la almohada, Jamie encontró una lista de instrucciones prendida con un alfiler a su piyama. La primera indicación era olvidarse de hacer la tarea; en vez de eso, debía alistarse para el viaje. De todo corazón, admiro la minuciosidad de Claudia; su preocupación por los detalles finos es tan obsesiva como la mía. En la nota para Jamie hasta le había sugerido cómo esconder su trompeta cuando la sacara del estuche: le decía que la envolviera con la cobija extra que siempre estaba colocada al pie de su cama.

Después de haber seguido todas las instrucciones que le dejó, Jamie tomó un gran vaso de agua del baño, se sentó sobre la cama con las piernas cruzadas y le arrancó con los dientes un pedazo a una esquina de la lista. El papel le supo parecido al chicle que una vez había guardado y masticado durante cinco días; era igual de insípido y un poco más duro. Como la tinta no era a prueba de agua, sus dientes se tornaron azules. Sólo intentó darle una mordida más antes de hacerlo trizas y tirarlo al bote de basura; luego se lavó los dientes.

A la mañana siguiente, Claudia y Jamie abordaron el autobús escolar como de costumbre, de acuerdo con el plan trazado. Se sentaron juntos en el asiento de hasta atrás y cuando llegaron a la escuela y todos se bajaron, ellos no se movieron de su lugar. Se suponía que nadie lo notaría, y así fue. Como todos se empujaban y buscaban sus tareas y sus guantes, nadie le puso atención a nada que no fueran sus pertenencias, hasta que ya estuvieron cerca de la entrada. Claudia le había dado instrucciones a Jamie de que se hiciera un ovillo y bajara la cabeza de manera que Herbert, el conductor, no lo pudiera ver. Lo hizo, y Claudia también. Si los descubrían, el plan era entrar a la escuela y tomar sus clases como mejor les fuera posible, sin libros en sus mochilas ni instrumentos musicales en sus estuches.

Se recostaron sobre sus mochilas y sus estuches de violín y trompeta. Cada uno sostuvo la respiración durante un largo rato, y cada uno resistió por lo menos cuatro veces las ganas de asomarse para ver qué estaba sucediendo. Claudia se imaginó que estaba ciega y que dependía de tres de sus sentidos: el oído, el tacto y el olfato. Cuando escucharon que los últimos pasos descendían por los escalones del autobús y que el motor volvía a arrancar, alzaron las barbillas y ambos sonrieron ligeramente.

Herbert conduciría el autobús hasta el estacionamiento de la calle Boston Post, donde dejaban los camiones escolares, luego se bajaría del vehículo y se subiría a su automóvil para ir adondequiera que soliera ir. Jamie y Claudia practicaron el silencio a lo largo del agitado trayecto al estacionamiento. El autobús rebotaba como una caja vacía sobre ruedas, o casi vacía. Por fortuna, las sacudidas hacían mucho ruido; de otro modo, Claudia habría temido que el conductor escuchara los latidos de su corazón, que a ella le parecían como los ruidos que hacía la percoladora eléctrica del café de las mañanas. No le gustaba mantener la cabeza agachada durante tanto tiempo. El sudor hacía que su mejilla se pegara al asiento de plástico; estaba convencida de que contraería una enfermedad cutánea medianamente grave a los cinco minutos de bajarse del transporte escolar.

En eso, el autobús se detuvo, y oyeron cómo se abría la puerta. Bastaría con que Herbert diera unos cuantos pasos hacia atrás para que los descubriera. Aguantaron la respiración hasta que escucharon que Herbert descendió por los escalones del autobús y cerró la puerta. Después de bajarse, Herbert metió una mano por la pequeña ventanilla del costado, para jalar la palanca que cerraba la puerta con seguro.

Lentamente, Claudia subió el brazo a la altura de sus ojos para mirar su reloj. Le daría siete minutos a Herbert antes de alzar la cabeza. Cuando pasó ese tiempo, ambos sabían que ya se podían poner de pie, pero quisieron probar que eran capaces de aguantar un poco más, y lo hicieron. Permanecieron agachados durante cuarenta y cinco segundos más, aunque, como estaban incómodos y apretados, les parecieron cuarenta y cinco minutos.

Al levantarse, ambos estaban sonrientes; se asomaron por la ventanilla y comprobaron que no hubiera moros en la costa. No había necesidad de apresurarse, por lo que se acercaron lentamente hacia la parte delantera del autobús; Claudia iba guiando a su hermano. La palanca de la puerta estaba a la izquierda del asiento del conductor y al dirigirse hacia ella, Claudia oyó un ruidero a sus espaldas.

—Jamie —susurró—, ¿qué es todo ese ruido?

Jamie se detuvo, y también se detuvo el ruido.

—¿Qué ruido? —exigió.

—Tú —dijo Claudia—. Ese ruido eres tú. ¿Qué diablos es lo que traes puesto? ¿Una armadura?

—Tengo puesto lo de siempre. De abajo para arriba, tengo calzoncillos talla diez, una camiseta...

—Por el amor de Dios, Jamie, eso ya lo sé. ¿Qué traes puesto que está haciendo tanto ruido?

—Veinticuatro dólares con cuarenta y tres centavos.

Claudia notó entonces que los bolsillos de Jamie estaban tan pesados que le jalaban los pantalones hacia abajo. Había una distancia de unos cuatro centímetros entre el dobladillo de su playera y la pretina de sus pantalones que dejaba ver una línea blanca donde su ombligo destacaba.

—¿Por qué tienes todo tu dinero en monedas? Parecen cascabeles.

—Bruce me paga con monedas de uno y de cinco centavos. ¿Con qué querías que me pagara? ¿Con cheques de viajero?

—Está bien, está bien —aceptó Claudia—. ¿Qué es eso que cuelga de tu cinturón?

—Una brújula. Me la regalaron en mi último cumpleaños.

—¿Y para qué trajiste esa cosa? Ya de por sí estás cargando mucho peso.

—Hace falta una brújula para orientarse en el bosque, y también fuera del bosque. Todo el mundo usa una brújula para eso.

—¿Cuál bosque? —preguntó Claudia.

—El bosque que va a ser nuestro escondrijo —respondió Jamie.

—¿Escondrijo? ¿Qué forma de hablar es ésa?

—La normal.

—¿Quién diablos te dijo que el bosque iba a ser nuestro escondrijo? —exigió Claudia.

—¡Lo dijiste! ¿Viste? ¡Lo acabas de decir! —gritó Jamie.

—¿Qué dije? Yo jamás dije que el bosque sería nuestro escondrijo.

Ahora Claudia también gritaba.

—¡Cómo no! Dijiste *escondrijo*.

—¡No es cierto!

Jamie explotó.

—Sí es cierto. Dijiste: "¿Quién diablos te dijo que el bosque iba a ser nuestro escondrijo?". Lo dijiste.

—Está bien, está bien —respondió Claudia.

Hacía un esfuerzo por mantener la calma, sabía que la líder de un grupo jamás debía perder el control, aunque el grupo que dirigiera constara sólo de dos personas: ella y su malcriado hermano.

—Está bien —repitió Claudia—. Es posible que haya dicho *escondrijo*, pero no dije *el bosque*.

—Sí, señor. Dijiste: "¿Quién diablos te dijo que...".

Claudia no lo dejó terminar.

—Okey, okey. Ahora, para empezar, déjame decirte que nuestro escondrijo será el Museo Metropolitano de Arte.

—¿Viste? ¡Lo volviste a decir!

—¡No es cierto! Dije: "el Museo Metropolitano de Arte".

—Volviste a decir "escondrijo".

—Está bien. Olvidemos las lecciones de gramática. Iremos al Museo Metropolitano de Arte en Manhattan.

Por primera vez, pesó más el significado de lo que Claudia había dicho que la gramática.

—¿El Museo Metropolitano de Arte? ¿Cómo crees? —exclamó Jamie—. ¿Qué locura es ésa?

Claudia ahora sentía tener el control de sí misma, de Jamie y de la situación. Durante los últimos minutos, se les había olvidado que eran polizones en el autobús escolar y se habían comportado como solían hacerlo en casa.

—Bajemos del autobús y vayamos al tren, te lo iré contando todo.

De nuevo, James Kincaid se sintió frustrado.

—¿Al tren? ¿Ni siquiera podemos irnos de aventón a Nueva York?

—¿De aventón? ¿Y arriesgarnos a que nos secuestren o nos roben? ¿O a que nos asalten? —respondió Claudia.

—¿Que nos asalten? ¿Por qué te preocupa eso? Casi todo el dinero es mío —dijo Jamie.

—Estamos juntos en esto. Casi todo el dinero es tuyo, pero la idea es toda mía, así que tomaremos el tren.

—De todas las maneras más cobardes y de todos los lugares más simplones para escaparnos hacia... —masculló Jamie en voz baja.

No había bajado la voz lo suficiente. Claudia lo volteó a ver.

—¿Escaparnos *hacia*? ¿Cómo se escapa *hacia*? ¿Qué lenguaje es ése? —preguntó Claudia.

—El lenguaje normal —respondió Jamie—. El lenguaje de James Kincadiano.

Y se bajaron del autobús olvidando la cautela y recordando únicamente su discusión.

Nadie los descubrió.

De camino a la estación de tren, Claudia envió dos cartas por correo.

—¿Y esas cartas? —preguntó Jamie.

—Una es para mamá y papá; quiero avisarles que nos fuimos de casa y que no llamen al FBI. Les llegará mañana o pasado.

—¿Y la otra?

—La otra tiene dos cupones de Corn Flakes. Te mandan veinticinco centavos si les envías dos cupones con estrellas. Para comprar leche, decía en la caja.

—Debiste haberla enviado antes. Veinticinco centavos más nos habrían caído muy bien.

—Apenas nos terminamos la segunda caja de cereal hoy en la mañana —le informó Claudia.

Llegaron a la estación de Greenwich a tiempo para tomar el tren de las 10:42. No estaba lleno de señoras que iban de compras o de señores camino a su trabajo, así que Claudia recorrió el pasillo de un vagón y luego de otro, hasta encontrar un par de asientos que no tuvieran tanto polvo y pelusa sobre la vestidura de terciopelo azul. Jamie se pasó siete de los veinticinco kilómetros del camino intentando convencer a su hermana de que deberían esconderse en Central Park. Claudia lo nombró tesorero; no sólo guardaría todo el dinero, sino que también llevaría las cuentas y opinaría sobre todos los gastos. Entonces Jamie comenzó a sentir que el Museo Metropolitano ofrecía varias ventajas y que le proporcionaría muchas aventuras.

Y mientras recorrían todo ese trayecto, Claudia dejó de arrepentirse de haber traído a Jamie. De hecho, cuando por fin se bajaron del tren en la estación central de Nueva York para dirigirse hacia el mundo subterráneo de cemento y acero que conduce

a la terminal, Claudia sintió que contar con Jamie era importante. (Ah, conozco bien esos sentimientos de calor y vacío que provienen de aquella rampa de concreto en penumbras.) Y no sólo por su dinero y su radio. Manhattan requería de la valentía de por lo menos dos miembros de la familia Kincaid.

3

Tan pronto como llegaron a la acera, Jamie tomó su primera decisión como tesorero.

—Caminaremos de aquí al museo.

—¿Qué? —preguntó Claudia—. ¿No ves que son más de cuarenta cuadras?

—Está bien, ¿cuánto cuesta el autobús?

—¿El autobús? —exclamó Claudia—. ¿Quién dijo que tomáramos un autobús? Yo quiero tomar un taxi.

—Claudia —dijo Jamie—, estás completamente loca. ¿Cómo se te puede ocurrir siquiera pensar en un taxi? Ya no vamos a recibir más domingos. No tenemos ingresos, ya no puedes despilfarrar. No es mi dinero el que estamos gastando, es *nuestro* dinero. Estamos juntos en esto, ¿te acuerdas?

—Tienes razón —respondió Claudia—. Un taxi es caro. El autobús cuesta menos, sólo veinte centavos por persona. Tomaremos el autobús.

—*Sólo* veinte centavos por persona. Eso suma cuarenta centavos, así que nada de autobús. Iremos a pie.

—Se nos irán los cuarenta centavos en suelas desgastadas —masculló Claudia—. ¿Estás seguro de que tenemos que caminar?

—Definitivamente —respondió Jamie—. ¿Por dónde nos vamos?

—¿Estás seguro de que no vas a cambiar de opinión?

El rostro de Jamie le dio la respuesta, Claudia exhaló un suspiro. No era de extrañar que Jamie tuviera más de veinticuatro dólares: era un jugador y un tacaño. *Si eso es lo que quiere*, pensó Claudia, *jamás le volveré a pedir dinero para el autobús; sufriré y nunca, pero nunca, permitiré que se dé cuenta. Pero se arrepentirá cuando me desmaye del agotamiento. Me desmayaré en silencio.*

—Lo mejor es caminar por Madison —le dijo a su hermano—. Me toparé con demasiadas formas de gastar *nuestro* preciado dinero si caminamos por la Quinta Avenida. Todas las tiendas de ahí son muy hermosas.

Claudia y Jamie no caminaron exactamente el uno al lado del otro. El estuche del violín de Claudia golpeaba a Jamie, por lo que prefirió ir un poco más adelante. Conforme Claudia aflojaba el paso debido a lo que según ella era una acumulación de dióxido de carbono en su organismo (pese a estar en el cuadro de honor de sexto de primaria, en su clase de ciencias aún no les habían enseñado nada sobre la fatiga muscular), Jamie lo aceleraba. No tardó mucho en llevarle una cuadra y media de delantera; sólo se encontraban cuando Jamie se detenía por la luz roja de un semáforo. En una de esas mutuas paradas, Claudia le pidió a Jamie que la esperara en la esquina de Madison y la calle 80, ya que allí darían vuelta a la izquierda para tomar la Quinta Avenida.

Encontró a Jamie parado en esa esquina, probablemente una de las esquinas más civilizadas del mundo, consultando la brújula y anunciándole que cuando dieran vuelta a la izquierda, estarían dirigiéndose "justo hacia el noroeste". Claudia estaba cansada y tenía frío en sus "puntas": en los dedos de sus manos, en los dedos de sus pies y en su nariz, mientras que el resto de su cuerpo sudaba bajo el peso de su ropa de invierno. Nunca le había gustado sentir demasiado calor o demasiado frío, y detestaba sentir ambas cosas al mismo tiempo.

—Justo hacia el noreste. Justo hacia el noroeste —dijo arremedándolo—. ¿Por qué no puedes decir simplemente gira a la derecha o gira a la izquierda como todo el mundo? ¿Quién te crees que eres? ¿Daniel Boone? Te apuesto lo que quieras a que nadie ha usado una brújula en Manhattan desde la época de Henry Hudson.

Jamie no respondió. Rodeó la esquina de la calle 80 con paso enérgico y ahuecó una mano para colocársela en la frente a modo de visera mientras examinaba la calle. Claudia necesitaba discutir. Aquel dióxido de carbono acumulado se cocía en su interior, en el calor del enojo. Pronto explotaría si no le ponían una válvula de escape.

—¿No te das cuenta de que tenemos que pasar desapercibidos?

—¿Qué es desapercibidos?

—O sea, que no debemos llamar la atención.

Jamie miró a su alrededor.

44

—Yo creo que eres genial, Clau. Nueva York es el lugar perfecto para esconderse. Ninguno le pone atención a ninguno.

—Nadie, no ninguno —corrigió Claudia.

Claudia miró a su hermano y vio que sonreía, entonces se relajó. No le quedaba más que estar de acuerdo con su hermano. Ella era genial. Nueva York era el lugar perfecto, y que la llamaran genial la calmó. Las burbujas se desvanecieron. Para cuando llegaron al museo, ya no necesitaba discutir.

Al entrar por la puerta principal del museo sobre la Quinta Avenida, el guardia le dio dos clics a su contador de gente. Los guardias siempre cuentan a la gente cuando entra al museo, pero no siempre cuando sale. (Sheldon, mi chofer, tiene un amigo llamado Morris que es guardia en el Museo Metropolitano. Le he encargado a Sheldon que le saque información a Morris. No es difícil, ya que a Morris le encanta hablar de su trabajo. Lo dice todo, salvo lo concerniente a la seguridad. Si le preguntas algo que no quiere o no puede responder, dice: "No estoy autorizado para hablar de eso. Ya sabe, cuestiones de seguridad".)

Para cuando Claudia y Jamie llegaron a su destino, era la una de la tarde y el museo estaba lleno. En un miércoles cualquiera, recibe a más de veintiséis mil visitantes, que se dispersan sobre los más de veinte acres de superficie; recorren una sala y luego otra y otra y otra. El miércoles van las dulces viejecitas que hacen tiempo en lo que comienza la matiné de Broadway. Caminan en grupo, y lo sabes porque usan los mismos zapatos ortopédicos, de esos con las agujetas de lado. Los turistas visitan el museo los miércoles. A ellos los identificas porque los hombres llevan cámaras y las mujeres caminan como si les dolieran los pies, pues usan zapatos de tacón alto. (Yo siempre digo que quienes los usan, se los merecen.) Y luego están los estudiantes de arte, que van cualquier día de la semana. También caminan en grupos, y lo sabes porque usan los mismos cuadernos de dibujo de portada negra.

(Te has perdido de todo esto, Saxonberg. ¡Te debería dar vergüenza! Jamás has puesto un pie, con su respectivo zapato perfectamente boleado, en ese museo. Más de un cuarto de millón de personas lo visitan cada semana. Llegan desde Mankato, Kansas, donde no hay un solo museo, y desde París,

Francia, donde hay muchísimos. Y todos entran sin pagar nada porque el museo es así: maravilloso y enorme y gratis para todos. Y complicado, lo suficientemente complicado incluso para alguien como Jamie Kincaid.)

A nadie le pareció extraño que un niño y una niña, cada uno con una mochila y un estuche de instrumento a cuestas, y quienes normalmente estarían en la escuela, visitaran un museo. A fin de cuentas, el museo recibe alrededor de mil estudiantes cada día. El guardia de la entrada sólo los detuvo para decirles que tendrían que dejar sus estuches y mochilas en paquetería. Una regla del museo: nada de bolsas, alimentos o paraguas. Nada, al menos, que estuviera a la vista de los guardias. Regla o no, Claudia decidió que era una buena idea. Un gran letrero que colgaba en la sección de paquetería decía NO DAR PROPINAS, de modo que Jamie no podría objetar nada. Pero Jamie sí objetó algo: llamó aparte a su hermana y le preguntó cómo diablos esperaba que él se pusiera la piyama. Su piyama, le explicó, estaba hecha bola dentro del estuche de su trompeta.

Claudia le dijo que recogerían sus pertenencias a las 4:30 p.m., saldrían por la puerta de enfrente y cinco minutos después volverían a entrar por atrás, por la puerta que conecta al estacionamiento con el Museo del Niño. ¿Acaso no se solucionarían así todos sus problemas? (1) Alguien los vería salir del museo; (2) se liberarían de su equipaje mientras exploraban el museo en busca de un lugar para dormir; (3) y era gratis.

Claudia dejó su abrigo y sus paquetes. Jamie estaba condenado a seguir enfundado en su chamarra de esquiar. Con la chamarra puesta y cerrada hasta arriba lograba tapar esa franja de piel desprotegida. Además, el forro de material sintético ayudaba a amortiguar su cascabeleo de veinticuatro dólares. Claudia jamás se hubiera permitido acalorarse tanto, pero a Jamie le gustaba el sudor, un poco de suciedad y las complicaciones.

En ese momento, sin embargo, Jamie quería almorzar. Claudia quería comer en el restaurante del primer piso, pero Jamie prefería la cafetería de la planta baja; pensó que si bien era menos glamurosa, sería más barata y, como secretario de Economía, como dueño del derecho de veto y como tacaño del siglo, se le cumplió el deseo. A Claudia no le importó tanto cuando vio la cafetería, que era sencilla pero limpia.

Jamie estaba consternado con los precios. Cuando entraron a la cafetería, contaban con 28.61 dólares, y sólo con 27.11 al salir, además de que seguían con hambre.

—Claudia —le exigió Jamie—, ¿sabías que la comida sería tan cara? ¿No te alegras ahora de no haber tomado un autobús?

Para nada, Claudia no se alegraba de no haber tomado un autobús. Sencillamente estaba furiosa porque sus padres, que también eran los de Jamie, habían sido tan tacaños que ni siquiera llevaba un día lejos de casa y ya estaba preocupada por el dinero para sobrevivir. Prefirió no responderle a Jamie. Él no lo notó; estaba completamente absorto en sus problemas financieros.

—¿Crees que pueda convencer a uno de esos guardias de que se eche un juego de "guerra" conmigo?

—No seas ridículo —dijo Claudia.

—¿Por qué? Traje mis cartas. Una baraja completa.

—*Desapercibido* es exactamente lo contrario a eso. Hasta un guardia del Museo Metropolitano que ve a miles de personas todos los días va a recordar a un niño con quien se echó un juego de cartas.

El orgullo de Jamie estaba de por medio.

—Durante todo el segundo y todo el tercer año de primaria yo le hice trampa a Bruce, y aún no se ha dado cuenta.

—¡Jamie! ¿Es así como sabías que ibas a ganar?

Jamie bajó la cabeza y respondió:

—Pues sí. Además, a Bruce le cuesta trabajo distinguir entre las sotas, las reinas y los reyes. Se confunde.

—¿Por qué engañar a tu mejor amigo?

—No lo sé, la verdad. Supongo que me gustan las complicaciones.

—Pues deja de preocuparte por el dinero por ahora. Preocúpate por dónde nos vamos a esconder cuando estén cerrando este lugar.

Tomaron un mapa gratuito del mostrador de información. Claudia eligió el lugar donde se esconderían durante ese peligroso rato inmediatamente después de que cerrara el museo, y antes de que partieran los guardias y ayudantes. Decidió que iría al baño de mujeres, y Jamie al de hombres, justo antes de la hora de cerrar.

—Vete al que está cerca del restaurante en el primer piso —le dijo.

—No pienso pasar la noche en un baño. Los azulejos hacen que esté muy frío. Y además, en los baños todo se escucha más fuerte, y ya de por sí hago mucho ruido.

Claudia le explicó a Jamie que tendría que meterse a uno de los cubículos del baño.

—Y luego te subes.

—¿Me subo? ¿A dónde? —exigió Jamie.

—Ya sabes —insistió Claudia—. Te paras encima de eso.

—¿Te refieres al escusado?

Jamie necesitaba que se le explicara todo.

—¿A qué otra cosa me podría referir? ¿Qué otra cosa hay dentro de un cubículo del baño? Mantén la cabeza abajo y la puerta del cubículo ligeramente entreabierta —concluyó.

—Pies arriba. Cabeza abajo. Puerta abierta. ¿Por qué?

—Porque estoy segura de que cuando revisan los baños tanto de hombres como de mujeres, sólo se asoman por debajo de la puerta para ver si hay pies. Tenemos que quedarnos allí hasta que estemos seguros de que toda la gente y los guardias se han ido a casa.

—¿Y el guardia nocturno? —preguntó Jamie.

Claudia mostraba mucha más seguridad de la que en realidad sentía.

—¡Ah! Habrá un guardia nocturno, claro. Pero la mayor parte del tiempo se pasea por el techo tratando de evitar que alguien se meta al museo. Nosotros ya estaremos adentro. Lo que hace se llama rondín. En muy poco tiempo aprenderemos cuáles son sus hábitos. Adentro, seguramente usan alarmas antirrobo. Sólo es cosa de no tocar jamás una ventana, una puerta o una pintura valiosa. Ahora, hay que buscar un lugar para pasar la noche.

Se volvieron a dirigir hacia las salas de finos muebles franceses e ingleses; fue allí donde Claudia supo que había elegido el lugar más elegante del mundo para esconderse. Quería sentarse en el sillón de María Antonieta, o por lo menos en su escritorio, pero los letreros que había por todas partes decían que no se podía pisar la plataforma, y algunas de las sillas tenían un cordón de un descansabrazos a otro, para evitar que la gente se sentara. Tendría que esperar hasta después de que apagaran las luces para jugar a ser María Antonieta.

Por fin encontró una cama que le pareció perfectamente maravillosa, y le dijo a Jamie que pasarían la noche allí. La cama tenía un alto dosel sostenido de un lado por una cabecera elaboradamente tallada, y del otro por dos postes gigantescos. (Esa cama me resulta familiar, Saxonberg: está tan grande y tan llena de detalles como la mía; y es del siglo dieciséis, igual que la mía. Alguna vez pensé en donar mi cama al museo, pero el señor Untermyer les dio ésa primero. Me sentí algo aliviada cuando lo hizo. Ahora puedo disfrutar de mi cama sin sentirme culpable por que el museo no tenga una. Además, no soy adepta a donar cosas.)

Claudia siempre había sabido que estaba destinada a rodearse de cosas muy finas. Jamie, por el contrario, pensaba que fugarse de casa sólo para dormir en otra cama no representaba reto alguno. Él, Jamie, hubiera preferido dormir en el piso del baño. Claudia lo jaló y le pidió que leyera lo que decía la cédula ubicada al pie de la cama.

Jamie leyó:

—Favor de no pisar la plataforma.

Claudia sabía que Jamie se hacía el difícil a propósito, de manera que ella la leyó:

—Baldaquino: lugar del supuesto asesinato de Amy Robsart, primera esposa del lord Robert Dudley, conde de...

Jamie no pudo contener su sonrisa y dijo:

—¿Sabes qué, Clau? Para ser mi hermana y una quisquillosa, no estás tan mal.

—¿Sabes qué, Jamie? Para ser mi hermano y un codo, no estás tan mal.

Algo sucedió en ese preciso instante. Tanto Claudia como Jamie intentaron explicármelo, pero no pudieron hacerlo con exactitud. Yo sé lo que pasó, aunque nunca se lo dije; tener una palabra y una explicación para todo es demasiado moderno. A Claudia, en especial, no se lo diría: ella ya tiene demasiadas explicaciones.

Lo que sucedió fue lo siguiente: se convirtieron en un equipo, en una familia de dos. Antes de que se escaparan, hubo ocasiones en las que habían actuado como un equipo, pero eso era muy distinto a *sentirse* como un equipo. Convertirse en un equipo no significó que dejaran de discutir, pero sí significó que las discusiones se volvieran parte de la aventura, discusiones y no amenazas. Para un observador ajeno, sus altercados podrían parecerse a los anteriores, porque sentirse parte de un equipo es algo que sucede de manera imperceptible, se le podría llamar *consideración*, incluso se le podría llamar *amor*. Y de hecho es muy raro que les suceda a dos personas a la vez, en especial a un hermano y una hermana que han pasado más tiempo involucrados en sus propias actividades, que en pasarla juntos.

Siguieron su plan: salieron del museo y volvieron a entrar por una puerta trasera. Cuando el guardia de la entrada les pidió que dejaran sus estuches en paquetería, Claudia le dijo que sólo iban de pasada para encontrarse con su mamá. El guardia les permitió la entrada, sabiendo que si iban demasiado lejos, algún otro guardia los detendría. Sin embargo, lograron evadir a los demás guardias durante los minutos que faltaban para que sonara el timbre. El timbre significaba que el museo cerraría en cinco minutos. Entonces se metió cada quien en un cubículo del baño.

Esperaron dentro de los cubículos hasta que dieron las cinco y media, ya que estuvieron seguros de que todos se habían ido; luego salieron y se encontraron. En el invierno, a las cinco y media oscurece, pero ningún lugar parecía más oscuro que el Museo Metropolitano de Arte. Los techos son tan altos que se llenan de oscuridad. A Jamie y a Claudia les pareció que caminaban varios kilómetros a lo largo de los pasillos. Por fortuna, eran amplios, y no chocaron con nada.

Por fin llegaron a la sala del Renacimiento inglés. Jamie se arrojó de inmediato sobre la cama, olvidando que eran apenas las seis de la tarde, pensando que estaba tan agotado que se dormiría al instante. Pero no fue así, tenía hambre. Ésa fue una de las razones por las que no se durmió de inmediato, y también porque estaba incómodo. Así que se paró, se puso la piyama y volvió a meterse a la cama. Se sintió un poco mejor. Claudia ya se había puesto la suya; ella también tenía hambre y también estaba incómoda. ¿Cómo era posible que una cama tan elegante y romántica oliera tan mal? Le hubiera gustado lavarlo todo con un buen detergente, fuerte y aromático.

Al meterse a la cama, Jamie aún se sentía inquieto, y no porque temiera que los descubrieran.

Claudia había planeado todo con tal precisión que no le preocupaba ese tema. Su inquietud tenía poco que ver con lo extraño del lugar donde dormían. Claudia también la sintió. Recostado en la cama, Jamie se puso a pensar, hasta que al fin, lo supo.

—¿Sabes qué, Clau? —susurró—. No me lavé los dientes.

—Bueno, Jamie —respondió Claudia—, no siempre es posible cepillarse después de cada comida.

Ambos se rieron en voz baja.

—Mañana —le dijo Claudia para tranquilizarlo—, nos organizaremos mejor.

Aunque era mucho más temprano que su hora habitual de dormir, Claudia se sentía cansada. Pensó que a lo mejor tenía anemia por deficiencia de hierro: sangre cansada. Tal vez las presiones del estrés cotidiano y el esfuerzo la habían desgastado. Tal vez se sentía mareada por el hambre; sus neuronas carecían del oxígeno vital necesario para crecer y, y... dio un bostezo.

No debía preocuparse: había sido un día inusualmente agitado, un día inusual y agitado. Así que permaneció acostada en la gran quietud del museo, junto a la cálida quietud de su hermano, y dejó que el suave silencio se asentara a su alrededor: una cobija de quietud. El silencio se extendió desde sus cabezas hasta las plantas de sus pies y luego hasta sus almas. Se estiraron y se relajaron. En lugar de estrés y oxígeno, ahora Claudia pensaba en palabras apacibles y sosegadas: deslizamiento, pelaje, plátano, paz. Incluso los pasos del guardia nocturno sólo añadieron una nota musical al silencio que se había convertido en un zumbido, en una canción de cuna.

Se quedaron perfectamente quietos, incluso mucho después de que pasara el guardia; luego se dieron las buenas noches en un susurro y se durmieron. No hacían ruido cuando dormían y, ocultos bajo el peso de la oscuridad, no era fácil que los descubrieran.

(Sobra decir, Saxonberg, que las cortinas de aquella cama también ayudaron.)

4

A la mañana siguiente, Claudia y Jamie despertaron muy temprano, aún estaba oscuro. Sentían sus
estómagos como si fueran tubos de pasta de dientes exprimidos; tubos grandes, tamaño familiar.
Tenían que levantarse y desaparecer antes de que
el personal del museo comenzara su jornada. Ninguno de los dos estaba acostumbrado a despertarse
tan temprano, sentirse tan desaseado o con tanta
hambre.

Se vistieron en silencio. Los dos sintieron ese
escalofrío que te da cuando te despiertas muy temprano. El escalofrío que ha de venir de la sangre,
porque tanto en verano como en invierno brota de
alguna parte dentro de ti que sabe que es muy temprano. Claudia siempre le había tenido pavor a ese
breve intervalo en el que aún no se había puesto la

ropa interior pero ya se había quitado la piyama. Incluso antes de comenzar a desvestirse, solía colocar su ropa interior sobre la cama en la dirección correcta, la adecuada para que pudiera ponérsela lo más rápido posible. Lo hizo entonces también, aunque el fondo se lo puso con menos prisa. Inspiró largo y profundo para llenarse del maravilloso aroma a detergente y algodón limpio que flotaba en la tela de su prenda interior. A Claudia le encantaba tanto la elegancia como el olor a limpio.

Una vez vestidos, Claudia le susurró a Jamie:

—Vamos a esconder nuestras mochilas y estuches antes de irnos a nuestros puestos.

Acordaron dividir sus pertenencias. De este modo, si un empleado del museo encontraba algo, no necesariamente lo encontraría todo. Cuando aún estaban en casa, les habían quitado todo rastro de identificación a sus estuches y mochilas. Cualquier niño que haya visto la televisión, sabe que es importante hacerlo.

Claudia escondió su estuche de violín en un sarcófago sin tapa que estaba ubicado bastante más arriba de la altura de los ojos, y Jamie la cargó para que pudiera alcanzarlo; era un hermoso sarcófago romano de mármol tallado. Y su mochila la escondió detrás de un biombo en la sala de muebles franceses. Jamie quería esconder sus cosas en el sarcófago de una momia, pero Claudia le dijo que eso sería complicar las cosas innecesariamente. La sección egipcia del Museo Metropolitano quedaba demasiado lejos de su recámara; eran tantos los riesgos, que era como si el sarcófago estuviera en el mismo Egipto. Así que colocaron el estuche de trompeta dentro de una gigantesca urna y la mochila de Jamie, detrás de una cortina que a su vez estaba oculta tras una enorme escultura de la Edad Media. Desafortunadamente, las personas del museo habían sellado todos los cajones de los muebles, de manera que no se pudieran abrir. Nunca se pusieron a pensar en lo que a Jamie Kincaid le convenía.

"Ir a sus puestos" significaba volver a subirse a los escusados y esperar durante el peligroso lapso de tiempo durante el cual el museo estaba abierto al personal pero no al público. Se asearon, se peinaron e incluso se cepillaron los dientes, luego comenzaron las largas esperas. Esa primera mañana, no sabían a qué hora llegaría el personal, así que se escondieron rápido y bien. Lo vacío y hueco de los pasillos llenó el estómago de Claudia mientras se esforzaba por permanecer en cuclillas. Sentía morir de hambre, así que se pasó el rato tratando de no recordar nada rico de comer.

Jamie cometió un error aquella mañana, pequeño, pero que por poco provoca que lo descubran. Escuchó el sonido del agua de la llave, y supuso que algún visitante había entrado al baño para usar el lavabo. Miró su reloj y confirmó que eran las diez con cinco minutos; sabía que el museo abría sus puertas al público a las diez, de manera que se bajó del escusado para salir del cubículo. Sin embargo, no se trataba de un visitante. Se trataba de un empleado de limpieza que llenaba una cubeta, y cuando se inclinó para exprimir su trapeador, vio aparecer de la nada las piernas de Jamie, y luego vio a Jamie salir del cubículo.

—¿Y tú de dónde saliste? —le preguntó el empleado.

Jamie sonrió y asintió con la cabeza.

—Mamá siempre dice que salí del cielo.

Hizo una reverencia a modo de despedida y se fue, fascinado con aquel roce con el peligro. No veía el momento de contárselo a Claudia. Claudia prefirió no reírse con el estómago tan vacío.

El restaurante del museo no abriría sino hasta las once y media y la cafetería, un poco más tarde, de modo que abandonaron el museo para ir a desayunar. Fueron a un restaurante con máquinas expendedoras donde gastaron un dólar en monedas de cinco centavos pagadas por Bruce. Jamie le asignó diez monedas de cinco centavos a Claudia y él se quedó con diez. Jamie compró un sándwich de queso y un café, pero no bastaron para saciar su apetito, así que le dijo a Claudia que, si quería, le podría dar veinticinco centavos más para un pay. Claudia, que había tomado jugo de piña y cereal, lo regañó, recordándole la importancia de comer de manera adecuada: comida de desayuno para el desayuno, y comida de almuerzo para el almuerzo. Jamie contraatacó quejándose de la rigidez mental de Claudia.

Estuvieron mejor organizados en su segundo día. A sabiendas de que su presupuesto alcanzaría sólo para dos comidas diarias, se detuvieron en un supermercado y compraron unos paquetitos de galletas saladas con crema de cacahuate para la noche; las ocultaron en distintos bolsillos de su ropa. Para el almuerzo en la cafetería, decidieron incorporarse a un grupo escolar. Había tantos que hasta podían elegir a cuál unirse. Así, sus rostros serían siempre parte de la multitud.

Al volver al museo, Claudia le informó a Jamie que deberían aprovechar la maravillosa oportunidad que tenían para aprender y estudiar. No había habido en toda la historia del mundo otros niños que tuvieran esa oportunidad. De modo que Claudia estipuló que ambos tendrían la tarea de aprender todo sobre el museo: una cosa a la vez. (Seguramente no se había percatado de que el museo contaba con más de 365 000 obras de arte, y aunque así hubiera sido, nadie la habría podido convencer de que no era posible aprender todo acerca de todo; su ambición era tan enorme y diversa como el museo mismo.) Cada día elegirían una galería distinta acerca de la cual aprenderían todo. Jamie escogería primero. Claudia elegiría la segunda galería; él, la tercera, y así sucesivamente. Como en casa con la selección de programas de la tele. A Jamie le parecía una exageración aprender algo nuevo todos los días. No sólo era una exageración, era innecesario. Lo que pasa es que Claudia sencillamente no tenía idea de lo que era escaparse. Jamie pensó que lo mejor era ponerle un rápido final a esa parte de su carrera como fugitivos, así que se decidió por las salas del Renacimiento italiano. Ni siquiera sabía qué era el Renacimiento, pero le sonaba importante y parecía que ahí había muchísimo que ver. Pensó que Claudia no tardaría en desesperarse y darse por vencida.

Cuando permitió que Jamie fuera el primero en elegir, Claudia estaba segura de que escogería Armas y Armaduras. A ella misma le parecía interesante; se podrían pasar dos días aprendiendo en esa galería. Era posible incluso que ella la volviera a escoger el segundo día.

A Claudia le sorprendió la elección de Jamie, pero creía saber por qué su hermano había elegido el Renacimiento italiano. Creía saberlo porque, además de sus clases de tenis, ballet y buceo en la YMCA, Claudia había tomado clases de apreciación artística el año anterior. Su maestra les había dicho que durante el Renacimiento se exaltó la figura humana; y, hasta donde Claudia alcanzaba a entender, eso significaba cuerpos desnudos. Muchos pintores del Renacimiento italiano habían pintado desnudos de mujeres con grandes curvas, enormes

PISO PRINCIPAL

E - Elevadores
B - Baños
Información
879-5500 ext. 457
Horario del restaurante
Lunes-sábado, 11:30 A.M.-2:30 P.M.
Domingo, 12 A.M.-3 P.M.
Hora del café: sábado, 3-4:30 P. M.
        domingo, 3:30-4:30 P.M.

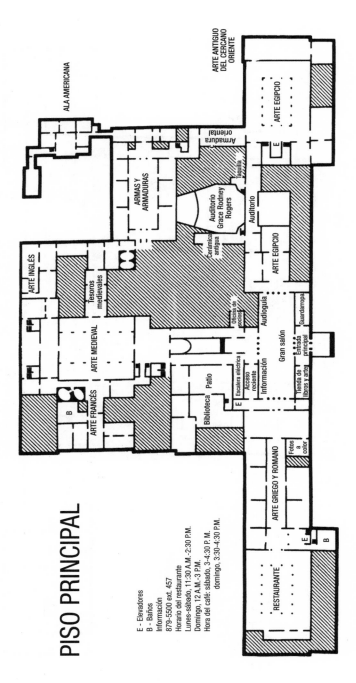

ALA AMERICANA

ARTE INGLÉS

Tesoros medievales

ARTE MEDIEVAL

ARTE FRANCÉS

B

ARMAS Y ARMADURAS

Armadura oriental

Auditorio Grace Rodney Rogers

Cerámica antigua

Taquilla

ARTE EGIPCIO

ARTE ANTIGUO DEL CERCANO ORIENTE

ARTE EGIPCIO

Auditorio

E

Audioguía

Oficina de socios

Gran salón

Guardarropa

Entrada principal

Biblioteca

Patio

Escalera eléctrica

E

Acceso reciente

Información

Tienda de libros y arte

Fotos a color

ARTE GRIEGO Y ROMANO

E

B

RESTAURANTE

SEGUNDO PISO

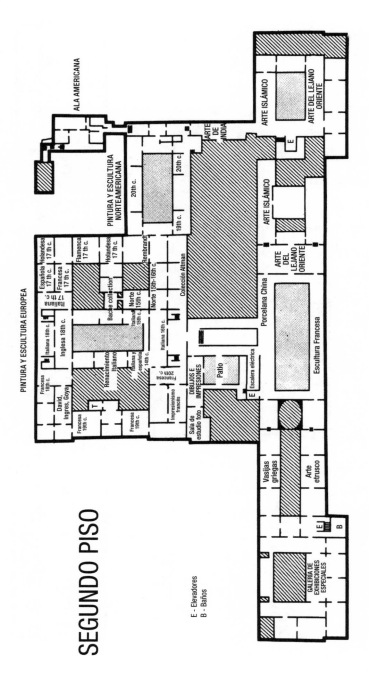

ALA AMERICANA

PINTURA Y ESCULTURA EUROPEA

PINTURA Y ESCULTURA NORTEAMERICANA

ARTE DE INDIA

ARTE ISLÁMICO

ARTE DEL LEJANO ORIENTE

Española Holandesa 17th c. 17th c.
Italiana 18th c.
Flamenca 17th c.
Holandesa 17th c.
Rembrandt
Italiana 17th c.
Bache collection
Norte 15th c. 15th c.
Norte 15th-16th c.
Italiana 16th c.
Inglesa 18th c.
Colección Altman
20th c.
20th c.
19th c.

Francesa 18th c.
David, Ingres, Goya
Renacimiento Italiano
Italiana y española 14th c.
Francesa 20th c.
Francesa 19th c.
Francesa 19th c.
Impresionismo francés
DIBUJOS E IMPRESIONES
Sala de estudio foto
Patio
Escalera eléctrica
ARTE ISLÁMICO
ARTE DEL LEJANO ORIENTE

T

E

Porcelana China

Escultura Francesa

Vasijas griegas

Arte etrusco

GALERIA DE EXHIBICIONES ESPECIALES

E
B

E - Elevadores
B - Baños

y voluptuosas. Estaba impactada; pensaba que Jamie aún estaba muy chico para eso. Y lo era. Jamás se le ocurrió que el objetivo de Jamie era que ella se aburriera. Claudia lo había dejado escoger primero, así que tenía que apegarse a esa decisión. Caminó junto con Jamie hacia la larga y ancha escalinata ubicada frente a la entrada principal, que conduce directamente a la sala del Renacimiento italiano.

Si piensas hacer algo en Nueva York, puedes estar seguro de que por lo menos dos mil personas más habrán pensado lo mismo; y de esas dos mil personas, mil estarán formadas en una fila, esperando para hacerlo. Aquel día no fue la excepción. Había al menos mil personas haciendo cola para ver las piezas de la sala del Renacimiento italiano.

Claudia y Jamie no pensaron que el tamaño de la multitud fuera algo poco común. Esto era Nueva York. *Atestado* era parte de la definición de Nueva York. (Para muchos expertos, Saxonberg, *atestado* también es parte de la definición del Renacimiento italiano. Era una época parecida a ésta: había actividad artística en todas partes. Seguirles la pista a todos los artistas de la Italia del siglo XVI es tan difícil como seguir el desarrollo de las leyes fiscales estadounidenses de los años cincuenta y sesenta; y casi igual de complicado.)

Cuando llegaron al descanso de las escaleras, un guardia dijo: "La fila se forma hacia la derecha. Una sola fila, por favor". Hicieron lo que les dijo, en parte porque no querían desobedecer a ningún guardia o siquiera atraer su atención, y en parte porque la multitud los obligaba a seguir esa línea. De los brazos de las señoras colgaban bolsas y de los brazos de los hombres colgaban abrigos, formando una barrera tan difícil de atravesar como un alambre de púas. Claudia y Jamie se paraban como todos los niños de la fila: con los cuellos estirados y las cabezas hacia atrás, muy hacia atrás, haciendo un gran e inútil esfuerzo por ver algo por encima de los hombros del adulto de gran estatura que, típico, siempre aparece frente a ellos. Jamie no lograba ver nada salvo el abrigo del hombre que iba delante de él. Claudia no podía ver nada, salvo parte de la cabeza de Jamie y el abrigo del hombre que iba delante de Jamie.

Se dieron cuenta de que se acercaban a algo extraordinario cuando vieron a un reportero caminando por la orilla de la multitud. El reportero llevaba una gran cámara negra con un flash, y un estuche rotulado en blanco con la palabra *Times*. Jamie intentó aflojar el paso para emparejarse con el fotógrafo. No sabía para qué lo fotografiaban, pero le gustaba que lo hicieran, en especial para un periódico. Una vez, cuando su grupo visitó la estación de bomberos, su foto salió en un periódico que llegaba a su casa. Jamie compró siete ejemplares del diario y utilizó ese pliego para envolver las portadas de sus libros. Cuando las portadas se comenzaron a desgastar, las envolvió con plástico autoadherible; y aún seguían en su librero.

Claudia sintió que estaban en peligro. Por lo menos ella *sí* recordaba que se habían escapado de casa, y no quería que un periódico de Nueva York anduviera publicando su paradero, o el de Jamie, sobre todo si sus padres los estaban buscando. Era inevitable que alguien leyera el *New York Times* y les avisara a sus padres. Sería mucho más que una pista; sería como reservar, para cualquiera que los estuviera buscando, un pasaje directo a su escondite. ¿Acaso Jamie jamás aprendería el significado de la palabra "desapercibidos"? Lo empujó.

Por poco se cae encima del hombre del abrigo. Jamie volteó hacia Claudia y le lanzó una mirada terrible. Claudia no le dio importancia; para ese momento habían llegado ante aquello por lo que todos estaban formados: la escultura de un ángel, con los brazos cruzados y un aspecto sagrado. Al pasar frente al ángel, Claudia pensó que era la estatua más hermosa, más grácil que había visto en toda su vida; quiso detenerse para observarla y, aunque casi lo logra, la multitud se lo impidió. Al pasar frente a la escultura, Jamie pensó que se vengaría de Claudia por haberlo empujado.

Siguieron la fila hasta el final de la sala del Renacimiento. Donde acababan las cuerdas de terciopelo que habían guiado a la multitud creando una estrecha calle dentro de la sala, bajaba una escalera hacia la planta baja. Claudia estaba absorta en el recuerdo del hermoso ángel que había visto. ¿Por qué le había parecido tan importante, tan especial? Por supuesto, era hermoso, grácil, fino. Pero también lo eran muchas otras piezas en el museo, como el sarcófago donde guardaba el estuche de su violín. Entonces, ¿por qué había tanta conmoción a su alrededor? Aquel hombre había ido a tomar fotos. Aparecería publicado algo acerca del ángel en el diario del día siguiente. Podrían averiguarlo en los periódicos.

—Tendremos que comprar el *New York Times* mañana para ver la foto —le dijo a Jamie.

Jamie aún estaba molesto por lo del empujón. ¿Por qué querría comprar el periódico? Él no saldría en la foto. Decidió atacar a Claudia con la única arma que poseía: la cartera.

—No podemos gastar en el *New York Times*. Cuesta diez centavos —le respondió.

—Tenemos que comprarlo, Jamie. ¿No quieres saber por qué es tan importante esa estatua? ¿No quieres saber por qué todos hacen cola para verla?

Jamie consideró que darle a entender a Claudia que no podía empujarlo en público era más importante que su curiosidad.

—Bueno, a lo mejor mañana puedes empujar a alguien y robarle su periódico en lo que trata de ponerse de pie, pues me temo que nuestro presupuesto no permite hacer ese gasto.

Caminaron durante un rato antes de que Claudia le respondiera.

—Ya me enteraré de algún modo.

Estaba decidida a hacerlo. Y también estaba decidida a aprender; no se saltarían una lección tan fácilmente.

—Ya que no podemos aprender todo acerca del Renacimiento italiano hoy, en su lugar aprenderemos todo acerca de las salas egipcias. Ésa será nuestra lección de este día.

A Jamie le gustaban las momias aunque no le gustaran las lecciones, así que caminaron juntos a lo largo de la sección egipcia. Allí se toparon con un grupo de niños que también visitaba las salas. Cada niño portaba un círculo de papel azul en el que estaba escrito, con plumón: Gr. 6, E.P.W. El grupo estaba sentado en unos pequeños tapetes de hule, alrededor de una vitrina de vidrio que contenía un sarcófago dentro del cual yacía la momia de la que estaban hablando. La maestra estaba sentada en un banco plegable. Claudia y Jamie se acercaron al grupo y pronto se convirtieron en parte de él, casi. Escucharon a la guía, una joven muy bonita que era empleada del museo, y aprendieron mucho casi sin darse cuenta. Les sorprendió aprender algo sin estar en un aula. La guía les explicó cómo se embalsamaban las momias y cómo el clima seco de Egipto ayudaba a conservarlas. Les dijo cómo excavaban para buscar las tumbas, y les contó acerca de la bella princesa Sit Hathor Yunet, cuyas joyas verían en otra sala. Pero antes de que abandonaran esa sala, quiso saber si había preguntas. (Como estoy segura de que se trataba de un grupo común y corriente, parecido a todos los que he observado en el museo, te puedo decir lo que estaban haciendo.) Por lo menos doce miembros del Gr. 6, E.P.W. se entretenían picándose las costillas entre sí. Doce se preguntaban en qué momento comerían; cuatro estaba preocupados por cuánto tiempo pasaría antes de que pudieran tomar agua.

Sólo Jamie tenía una pregunta:

—¿Cuánto costaba convertirse en momia?

La joven guía pensó que era parte del grupo; la maestra supuso que el museo lo había metido en el grupo para animar la discusión; los demás niños sabían que era un impostor. Cuando se tomaron la molestia de voltear a ver a Claudia, supieron que ella también lo era. Pero como el grupo tenía los buenos modales que acompañan a la indiferencia, dejarían en paz a los impostores. La pregunta, sin embargo, provocó que al menos diez niños dejaran de picarles las costillas a sus compañeros; que seis se olvidaran de comer y que a tres más les pareciera menos urgente tomar agua. A Claudia le dieron ganas de embalsamar a Jamie en una tina de líquido para momias en ese mismo instante. Eso le enseñaría el significado de *desapercibidos*.

La guía le dijo a Jamie que algunas personas ahorraban durante toda su vida para que se pudieran convertir en momias, ya que era bastante caro.

Uno de los niños gritó:

—Hasta se puede decir que les costaba la vida.

Todos se rieron de la ocurrencia, y luego recogieron sus tapetes de hule para encaminarse a la siguiente sala. Claudia estaba lista para sacar a Jamie de la fila y obligarlo a aprenderse otra parte del museo ese día, pero entonces vislumbró la sala a la que se dirigían. Estaba llena de joyas: vitrina tras vitrina de joyas, así que siguieron al grupo hacia aquella sala. Después de una breve charla, la guía se despidió de ellos y mencionó que tal vez les interesaría comprar algunos de los folletos que el museo había publicado sobre Egipto. Jamie preguntó si eran caros.

—Algunos son tan baratos como el *New York Times* del domingo. Otros cuestan mucho más —respondió la guía.

Jamie miró a Claudia; no debió hacerlo. Claudia parecía tan satisfecha como la estatua de bronce del gato egipcio junto a la que estaba parada. La única diferencia entre ellas era que el gato portaba unos diminutos aretes y parecía un poco menos petulante.

Al día siguiente, consiguieron el *New York Times*, y no porque Claudia o Jamie lo hubieran comprado. Lo compró un hombre que lo dejó en el mostrador mientras examinaba las reproducciones de joyería antigua. Los Kincaid se lo robaron e inmediatamente después salieron del museo.

Claudia leyó el periódico mientras desayunaban en Horn and Hardart's. Esa mañana no comió comida de desayuno para el desayuno. Las galletas saladas y las castañas tostadas no habían saciado del todo su apetito en la cama la noche anterior. El hambre era la parte más incómoda de la fuga. Intentó comer lo más "llenador" que pudo con cada centavo que le dio Jamie. Esa mañana, compró una cazuela de macarrones con queso, frijoles horneados y café.

La información que querían estaba en la primera plana de la segunda sección del *Times*. El encabezado decía: MULTITUD RÉCORD VISITA "GANGA" DE MUSEO. Había tres fotografías: una de la multitud

récord haciendo fila, otra de la escultura y una más del director del museo junto con su asistente. El artículo decía así: (Saxonberg: puedes hallar una copia original del periódico en mis archivos. Está en uno de los diecisiete archiveros ubicados en la pared del lado norte de mi oficina.)

Funcionarios del Museo Metropolitano de Arte informaron que 100 000 personas subieron la gran escalinata para ver una de sus nuevas adquisiciones: una escultura de sesenta centímetros de alto llamada "Ángel". El interés en la pieza de mármol surge a raíz de las inusuales circunstancias alrededor de su adquisición por parte del museo y de la sospecha de que se puede tratar de una obra del maestro del Renacimiento italiano, Miguel Ángel. De comprobarse que se trata de una obra temprana de Miguel Ángel, la compra por parte del museo representaría la ganga más importante de la historia del arte; fue adquirida en una subasta el año pasado por la cantidad de 225 dólares. Si se toma en cuenta que el príncipe Franz Josef II aceptó recientemente una oferta de 5 millones de dólares por una pequeña pintura de Leonardo da Vinci, un artista del mismo periodo y de categoría similar, se puede entender la magnitud del excelente negocio que llevó a cabo el museo.

El museo compró la escultura el año pasado cuando uno de sus curadores la vio en una muestra previa a la subasta de las Galerías Parke-Bernet. Su sospecha inicial de que se podría tratar de una obra de Miguel Ángel fue confirmada por varios otros funcionarios del museo, quienes mantuvieron silencio para evitar que las ofertas se elevaran. La escultura ha sido objeto de rigurosas pruebas y exhaustivos estudios tanto por parte del personal del museo como por parte de expertos del mundo entero. La mayoría cree que la obra se terminó hace aproximadamente 470 años, cuando Miguel Ángel tenía poco más de veinte.

La escultura fue adquirida por las Galerías Parke-Bernet, de la colección de la señora Basil E. Frankweiler. Ella asegura habérsela comprado a un comerciante en Bolonia, Italia, antes de la Segunda Guerra Mundial. La residencia de la señora Frankweiler en la calle 63 al este de Manhattan fue durante mucho tiempo un sitio de interés turístico debido a lo que muchos llegaron a considerar como una de las colecciones particulares de arte más finas del hemisferio occidental. Otros llegaron a opinar que se trataba de una mezcolanza de estilos entre lo sublime y lo mediocre. La señora Frankweiler cerró su residencia de Manhattan hace tres años; desde entonces, piezas importantes de su colección han terminado en diversas subastas y galerías.

El señor Frankweiler amasó una fortuna con la industria del aceite de maíz y de varios productos derivados de este grano. Murió en 1947. La señora Frankweiler ahora vive en su mansión en Farmington, Connecticut. Su hogar, que alguna vez le abriera sus puertas a los personajes más importantes del arte, los negocios y la política, se encuentra cerrado para todos salvo para sus empleados, sus asesores y algunos amigos cercanos. El matrimonio Frankweiler no tuvo hijos.

Un portavoz del museo comentó el día de ayer que "Independientemente de que se compruebe o no que se trata de una obra de Miguel Ángel, estamos satisfechos con nuestra adquisición. Aunque Miguel Ángel Buonarroti es mejor conocido por sus pinturas de la Capilla Sixtina en Roma, él siempre se consideró un escultor, principalmente un escultor de mármol. La pregunta referente a si el museo ha adquirido una de sus obras maestras menos conocidas, aún está por responderse".

Si los intereses de Claudia hubieran ido un poco más allá, si hubiera comenzado por las noticias internacionales de la primera plana y luego leído las continuaciones en la página veintiocho, quizá habría notado un pequeño artículo en esa página, del ancho de una columna, que le hubiera interesado. La fecha era la de Greenwich, Connecticut, y el artículo decía que los dos hijos del señor y la señora Steve C. Kincaid habían desaparecido desde el miércoles. El artículo no mencionaba ninguna pista, como podría haber sido la carta de Claudia; decía que a los niños se les había visto por última vez portando chamarras acolchonadas de esquí. Vaya pista. Catorce de cada quince niños en Estados Unidos usan esas chamarras. El artículo describía a Claudia como una niña bonita y de cabello castaño, y a Jamie como un chico de cabello castaño y ojos color café. Estaba en alerta la policía de los pueblos aledaños de Darien y Stamford en Connecticut y Port Chester en Nueva York. (Verás, Saxonberg, Claudia había encontrado el artículo sobre la escultura con demasiada facilidad; ni siquiera vio la primera sección del periódico. Te he insistido siempre en que muchas veces la búsqueda rinde más frutos que el objetivo. Recuérdalo cuando estés buscando algo en mis archivos.)

Claudia y Jamie leyeron con gran interés lo que venía acerca de la escultura. Claudia leyó el artículo dos veces con el fin de memorizarlo. Decidió que la estatua no sólo era la más hermosa del mundo, sino la más misteriosa.

—Yo no creo que 225 dólares sea barato. Yo jamás he tenido esa cantidad de dinero en mi vida. Ni siquiera sumando todos mis regalos de Navidad desde que nací hace nueve largos años llegaría a los 225 —dijo Jamie.

—Dos centavos no te parece mucho dinero, ¿verdad? —dijo Claudia.

—Me lo podría parecer.

—Es cierto. Tal vez a *ti* te lo parece, pero a la mayoría de la gente no. Mira: si esta estatua es de Miguel Ángel, vale alrededor de 2 250 000 dólares y no 225. Es como decir que de pronto dos centavos valen 225 dólares.

Jamie se quedó pensando. Estaba impactado.

—Cuando crezca, voy a averiguar la manera de saber quién hizo la estatua.

A Claudia no le hizo falta más. Algo que había estado ardiendo lentamente en su interior desde que vio la estatua, aunado a lo que leyó en el artículo del *Times*, le dio una nueva idea.

—Jamie, hagámoslo ahora. Vamos a olvidarnos de aprender todo acerca de todo en el museo. Vamos a concentrarnos en la estatua.

—¿Podemos seguir haciendo los recorridos con los grupos, como ayer?

—Claro que sí —respondió Claudia—. No tenemos que olvidarnos de aprender *algo* acerca de todo. Lo único que cambia es que no vamos a aprender todo acerca de todo. Nos concentraremos en Miguel Ángel.

Jamie tronó los dedos.

—¡Ya lo tengo! —exclamó.

Alzó las manos para que las viera Claudia.

—¿Y eso qué significa?

—Huellas, tonta. Si Miguel Ángel esculpió la estatua, podría tener sus huellas digitales.

—¿Huellas digitales? ¿Huellas de hace quinientos años? ¿Cómo sabrías que le pertenecen a Miguel Ángel? No tenía antecedentes penales, o al menos no lo creo. De hecho, ni siquiera estoy segura de que registraran las huellas digitales de la gente en ese entonces.

—¿Qué pasaría si encontráramos huellas digitales idénticas a las que aparecen en algo que se sabe que sí hizo? Las podríamos comparar.

Claudia siguió mirando la escultura en el periódico mientras terminaba de comer sus frijoles horneados.

—Jamie —dijo Claudia—, ¿tú crees que la estatua se parece a alguien en particular?

Se cruzó de brazos y miró hacia lo lejos.

—Nadie que yo conozca se parece a un ángel.

—A ver, piensa un poco.

Claudia carraspeó y alzó la barbilla ligeramente, mirando a lo lejos e insistió:

—No pienses en el corte de cabello o en la ropa ni nada de eso, sólo piensa en la cara.

Le acercó el pliego del *New York Times* que estaba bajo su nariz y volvió a adoptar su pose. Jamie miró la foto.

—Nop —dijo Jamie, alzando la vista.

—¿De verdad no notas el parecido?

—Nop.

Jamie volvió a mirar la foto.

—¿A quién crees que se parece?

—Mmm, no sé —balbuceó Claudia.

Jamie notó que su hermana se había sonrojado.

—¿Qué te pasa? ¿Te está dando fiebre?

—No seas ridículo. Es sólo que siento que la estatua se parece a alguien de nuestra familia.

—¿Estás segura de que no tienes fiebre? Estás hablando como una deschavetada.

Claudia relajó sus brazos y bajó la mirada.

—Me pregunto quién posó para la estatua —dijo, medio en voz alta.

—Seguramente una señora gorda. Entonces se le resbaló el cincel y tuvo que hacer un ángel flaco.

—Jamie, eres tan romántico como el lobo de la Caperucita Roja.

—¡Romántico! No seas ridícula. Pero sí a mí me gusta el misterio.

—¡A mí también! —dijo Claudia—. Pero me gusta más todo lo que tenga que ver con Ángel.

—Entonces ¿vamos a buscar huellas?

Claudia sopesó la idea.

—Bueno, puede ser que busquemos huellas. Es una opción, para empezar —miró a Jamie y aspiró por la nariz—. Pero estoy segura de que no va a funcionar. Buscaremos mañana, aunque no va a funcionar.

Y se le quedó viendo a la foto.

El segundo día había muchos más visitantes que subían por la amplia escalera para ver al pequeño Ángel: el artículo del periódico había despertado la curiosidad pública. Además, era un día lluvioso, y siempre va más gente cuando hace mal tiempo. Personas que no habían visitado el Museo Metropolitano en muchos años fueron ese día. Personas que jamás lo habían visitado fueron también; siguieron las indicaciones de los mapas, de los revisores del metro, de los policías. (Me sorprende, Saxonberg, que ni siquiera por haber visto mi nombre en el periódico vinculado con Miguel Ángel hubieras ido al museo. Ese viaje te habría beneficiado más de lo que te imaginas. ¿Acaso las únicas fotos que ves son las de tus nietos? ¿Acaso no eres para nada consciente de la magia que hay en el nombre de Miguel Ángel? En verdad creo que su nombre está cargado de magia aun ahora; el mejor tipo de magia porque viene de la verdadera genialidad. Claudia la sintió cuando se volvió a formar en la fila para ver la estatua. El misterio la intrigaba, pero la magia la atrapó.)

A ninguno de los dos niños le hizo gracia que los guardias, más los empujones de la gente, los apresuraran al pasar frente a Ángel. ¿Cómo iban a buscar huellas digitales si iban con tanta prisa? Después de esa visita tan acelerada, decidieron llevar a cabo sus pesquisas cuando tuvieran la estatua y el museo para ellos solos. Claudia, en especial, quería ser importante para la escultura. Resolvería su misterio; y la escultura, a su vez, haría algo importante por ella, aunque Claudia aún no sabía qué.

Cuando volvieron a dar con las escaleras traseras, Claudia le preguntó a Jamie:

—¿Con quién cenaremos hoy, Lord James?

—No sé, Lady Claudia. ¿Será que nos incorporemos a un grupo bueno y honrado? —respondió Jamie.

—Sí, Lord James, hagámoslo.

Entonces, Jamie le ofreció su brazo a Claudia, ella descansó la punta de sus dedos en el dorso de su mano y bajaron por las escaleras. Resultaron ser tan quisquillosos en su selección como Ricitos de Oro. Este grupo era demasiado viejo; aquél, demasiado joven; éste, muy pequeño; aquél, puras niñas. Pero encontraron un grupo bueno y honrado en la sección americana, donde pasaron una linda e informativa hora aprendiendo acerca de las artes y manualidades de la época colonial. Cenaron con el grupo, permaneciendo siempre al final de la fila, siempre un poco aparte. Tanto Jamie como Claudia habían adquirido el talento para estar cerca del grupo sin formar parte de él. (Algunas personas, Saxonberg, nunca en su vida aprenden a hacer eso, mientras que otras lo aprenden demasiado bien.)

5

Llevaban tres días lejos de casa. Claudia insistía en cambiarse la ropa interior todos los días, así le habían enseñado; también insistía en que Jamie lo hiciera. Era obvio que su ropa sucia se convertía en un problema: tenían que buscar una lavandería. Esa noche, sacaron toda la ropa sucia de los estuches y guardaron lo que pudieron en sus bolsillos. Lo que no cabía en los bolsillos, se lo pusieron encima. Una doble capa de ropa en invierno nunca le había hecho daño a nadie, siempre y cuando la capa limpia fuera la más cercana a la piel.

El sábado les pareció un buen día para realizar tareas domésticas: no habría grupos escolares a los que se podrían unir. Claudia propuso que hicieran ambas comidas fuera del museo, y Jamie estuvo de acuerdo. Después, Claudia sugirió que buscaran un restaurante con mesas que tuvieran manteles, y con meseros que sirvieran los alimentos. Jamie dijo "NO" con tanto ahínco que Claudia no intentó disuadirlo de lo contrario.

Del desayuno en el restaurante de máquinas expendedoras fueron a lavar la ropa a la lavandería. Ya ahí, sacaron la ropa interior de sus bolsillos y se quitaron una capa de calcetines sucios. Nadie reparó en ellos; seguramente alguien más había hecho algo parecido esa misma semana. Con diez centavos compraron detergente de una máquina y depositaron una moneda de veinticinco en la ranura de la lavadora. A través del cristal de la puerta, observaron cómo su ropa giraba, se retorcía y daba vueltas y vueltas una y otra vez. La secadora costaba diez centavos por diez minutos, pero se gastaron veinte centavos en minutos para que se secara todo. Al terminar, se sintieron decepcionados; toda su ropa había adquirido un triste tono gris, muy poco elegante. Claudia pensó que su ropa interior blanca no debería haberse lavado junto con los calcetines color rojo y azul marino, pero no se atrevió a pedir más dinero para algo tan poco glamuroso como unos calcetines sucios.

—Ni modo —se quejó—. Por lo menos huelen a limpio.

—Vamos al departamento de televisores de Bloomingdale's para ver la tele —propuso Jamie.

—Hoy no. Acuérdate que mañana en la mañana tenemos que trabajar en el misterio de la estatua, porque el museo no abre hasta la una de la tarde. Por lo tanto, hoy tenemos que aprender todo acerca del Renacimiento y de Miguel Ángel para estar preparados. Investigaremos en la enorme biblioteca de la calle 42.

—¿Y qué tal si mejor vamos al departamento de televisores de Macy's?

—A la biblioteca, Lord James.

—¿Gimbels?

—Biblioteca.

Se volvieron a meter la ropa limpia y gris en los bolsillos y se dirigieron a la salida de la lavandería. En la puerta, Claudia volteó hacia Jamie y dijo:

—¿Podemos...?

Jamie no dejó que terminara.

—No, mi querida Lady Claudia. No tenemos dinero para taxis, autobuses o metros. ¿Caminamos?

Le ofreció su brazo. Claudia colocó la punta de sus dedos enguantados sobre el dorso de la mano enguantada de Jamie. Comenzaron su larga caminata hacia la biblioteca.

Al llegar, le preguntaron a la señora que daba informes dónde podrían encontrar libros sobre Miguel Ángel. Primero, los encaminó a la sala infantil, pero cuando la bibliotecaria se enteró de lo que estaban buscando, les aconsejó ir a la Biblioteca Donnell, ubicada en la calle 53. Jamie tenía la esperanza de que esto disuadiera a Claudia, pero no fue así. Ni siquiera pareció importarle volver sobre sus pasos sobre la Quinta Avenida. Su determinación terminó por convencer a Jamie de que eso era lo que había que hacer ese sábado. Una vez que llegaron a la biblioteca, revisaron el directorio que señalaba dónde se encontraban las cosas y en qué horario abría la biblioteca. En la Sala de Arte de la planta baja, la bibliotecaria les ayudó a encontrar los libros que Claudia seleccionó del catálogo, incluso les trajo algunos más. A Claudia le agradó eso, siempre le había gustado que la atendieran bien.

Claudia comenzó con sus investigaciones sin dudar por un instante que esa misma mañana se convertiría en una autoridad en la materia, pero como no tenía lápiz ni papel para tomar notas y sabía que no tendría mucho tiempo para leer, decidió que simplemente recordaría todo, absolutamente todo lo que sus ojos captaran. La ganancia neta sería, por lo tanto, la mismo que obtendría alguien que leyera mucho pero recordara poco.

Claudia mostró la habilidad ejecutiva propia de un director de empresa. Le asignó a Jamie la tarea de buscar imágenes de Ángel en los ejemplares con fotografías de la obra de Miguel Ángel. Ella se dedicaría a la lectura, así que se puso a hojear varios libros gruesos con hojas delgadas y tipografía minúscula. Después de leer doce páginas, Claudia se asomó al final para ver cuántas páginas le faltaban: más de doscientas. El libro también tenía notas al pie. Entonces leyó unas cuantas páginas más y se puso a estudiar las imágenes de los libros de Jamie.

—¡Tú deberías estar leyendo!

—Sólo estoy usando estas fotos para relajarme —susurró Claudia—. Tengo que descansar los ojos en algún momento.

—Pues yo no veo ninguna foto que se parezca a esa estatua —suspiró Jamie.

94

—Sigue buscando. Yo seguiré leyendo.

Unos minutos más tarde, Jamie la interrumpió.

—Aquí está —le dijo.

—Eso no se parece para nada a la estatua. Ni siquiera es una niña —dijo Claudia.

—Claro que no lo es. Es Miguel Ángel.

—Ya lo sabía —dijo Claudia.

—Hace dos minutos no lo sabías. Pensabas que te estaba mostrando una foto de la estatua.

—Ah, es que quise decir... quise decir. Bueno..., ahí está su nariz rota —señaló la nariz en la foto—. Se peleó con alguien cuando era adolescente y le rompieron la nariz.

—¿Era un delincuente juvenil? Entonces a lo mejor sí existe un expediente con sus huellas.

—No seas tonto —dijo Claudia—. Era un genio temperamental. ¿Sabías que ya era famoso aun cuando estaba con vida?

—¿Ah, sí? Yo pensaba que los artistas sólo se hacían famosos cuando ya estaban muertos. Como las momias.

Estudiaron un rato más antes de que Jamie volviera a interrumpir.

—¿Sabes qué? Muchas de sus obras se perdieron. Dice *perdido* entre paréntesis debajo de la foto.

—¿Cómo puede ocurrir eso? Una estatua no es como un paraguas que se te olvida en un taxi. Claro, me refiero a la gente que usa taxis; tú no tendrías por qué saberlo.

—Pues no se perdieron en taxis. Perdieron la pista.

—¿Qué tipo de frase es ésa? ¿Perdieron la pista?

—¡Ay, bueno! Hay libros enteros y largos acerca de las obras perdidas de Miguel Ángel. Hay varias pinturas y esculturas a las que les perdieron la pista.

Claudia se relajó.

—¿Una de esas obras es el pequeño ángel?

—¿Cuál es la diferencia entre un ángel y un cupido? —inquirió Jamie.

—¿Por qué? —preguntó Claudia.

—Porque seguro hay un cupido perdido.

—Los ángeles usan ropa y tienen alas y son cristianos. Los cupidos usan arcos y flechas; están desnudos y son paganos.

—¿Qué es paganos? —preguntó Jamie—. ¿Niño o niña?

—Yo qué sé —respondió Claudia.

—Dijiste que están desnudos.

—Pues pagano no tiene nada que ver con eso. Quiere decir que veneran a los ídolos en vez de a Dios.

—Ah —asintió Jamie—. La escultura del museo es un ángel, y está completamente vestido. Todavía no sé si hay un ángel al que... —miró a su hermana y murmuró— le hayan perdido la pista.

Claudia había comenzado su investigación con la seguridad de que una sola mañana de estudio la convertiría en una experta; pero Miguel Ángel la había obligado a ser humilde, y la humildad no era una emoción con la que se sintiera cómoda; Claudia estaba de mal humor. Jamie terminó de hacer su investigación donde Claudia la había comenzado, pero muy confiado y alegre. Sentía que había aprovechado muy bien su mañana; había visto muchas fotos y había aprendido el significado de pagano. Luego, aburrido de ver tantas imágenes de David y Moisés y el techo de la Capilla Sixtina, se estiró en su silla y bostezó; lo que quería era encontrar pistas. Ya sabía lo suficiente para decir si Miguel Ángel había esculpido la pieza o no; sólo necesitaba una oportunidad para investigar sin que los guardias lo anduvieran correteando. Él lo sabría. Pero ¿su opinión le importaría a los expertos?

—Yo creo que debemos averiguar cómo deciden los expertos si la estatua es de Miguel Ángel o no. Eso sería mejor que investigar acerca de Miguel Ángel —dijo Jamie.

—Yo sé cómo lo hacen. Reúnen pruebas, como sus bocetos y diarios y registros de sus ventas, y luego examinan la escultura para ver qué tipo de instrumentos se utilizaron y cómo los usaron. Por ejemplo, nadie del siglo quince usaría un taladro eléctrico. ¿Por qué no tomaste clases de apreciación artística conmigo, caray?

—¿El verano antepasado?

—Sí. Antes de que comenzaran las clases.

—Pues el verano antepasado apenas había terminado la segunda mitad de primero de primaria.

—¿Y qué?

—¿Y qué? Apenas sabía deletrear mi nombre.

Claudia no tenía respuesta para la lógica de Jamie. Además, Jamie estuvo de acuerdo con ella.

—Supongo que es mejor buscar pistas. Después de todo, estamos haciendo algo que no puede hacer ningún experto.

Claudia de plano perdió la paciencia: tenía que pelearse con Jamie.

—No seas tonto. Ellos también pueden leer todo esto. Hay material de sobra.

—Ah, no me refiero a eso. Quiero decir que nosotros vivimos con la estatua. Como dicen por ahí: sólo hay dos formas de conocer a alguien, vivir con él o jugar a las cartas con él.

—Bueno, por lo menos la pequeña estatua no puede hacer trampa con las cartas, como cierta persona que conozco.

—Claudia, querida, no soy ningún ángel, ni de mármol ni de nada.

Claudia suspiró.

—Está bien. Vámonos, Lord James.

Y se fueron.

Mientras subían las escaleras, Jamie vislumbró una barra de chocolate con almendras Hershey's, aún sin abrir, en un rincón. Lo agarró y abrió una esquina de la envoltura.

—¿Estaba mordido?

—No —dijo Jamie, sonriendo—. ¿Quieres la mitad?

—Mejor no lo toques —le advirtió Claudia—. Seguramente está envenenado o lleno de mariguana, para que te lo comas y te mueras o te conviertas en un adicto a las drogas.

Jamie estaba molesto.

—¿Y no es posible que a alguien se le haya caído, y ya?

—Lo dudo. ¿A quién se le caería una barra completa de chocolate sin darse cuenta? Eso es como dejar una escultura en un taxi. Alguien lo puso allí a propósito, alguien que vende mariguana. Una vez leí que le ponen mariguana a los chocolates y se los dan a los niños, y entonces los niños se vuelven adictos; luego estas personas les venden mariguana a precios muy altos que a fuerzas tienen que comprar porque cuando eres adicto necesitas tu droga. Con todo y que sea cara. Y, Jamie, no tenemos esa cantidad de dinero.

—Pues ni hablar. ¡A tu salud! —dijo Jamie.

Le dio una gran mordida al chocolate, lo masticó y se lo tragó. Entonces cerró los ojos, se recargó en la pared y se fue resbalando hasta caer al piso. Claudia se quedó boquiabierta. Estuvo a punto de gritar para pedir auxilio, pero Jamie abrió los ojos y sonrió:

—Está delicioso. ¿Quieres?

Claudia no sólo se negó a probar el chocolate, sino que se negó a hablar con Jamie hasta que llegaron al restaurante. El almuerzo la puso de buenas. Propuso que jugaran un rato en Central Park, y así lo hicieron. Compraron cacahuates, castañas y pretzels con el vendedor que se ponía cerca de la entrada del museo, pues sabían que, como el museo permanecía abierto más tarde los domingos, tendrían mucha hambre antes de salir. Sus bolsillos estaban llenos de lo indispensable para vivir: ropa y comida.

Jamie entró al baño de hombres. Había llegado, como de costumbre, poco antes de que dieran el primer timbrazo, el que avisaba al público que el museo cerraría en cinco minutos. Esperó, sonó el timbre, se metió a un cubículo. Primer timbrazo, segundo timbrazo, era algo rutinario, como antes lo había sido subirse al autobús de la escuela. Después del primer día, habían aprendido que el personal del museo trabajaba de las nueve de la mañana a las cinco de la tarde, un horario como el de su papá. La rutina, la rutina. El lapso de las nueve, hora de entrada del personal, a las diez, cuando llegaba el público, se les hacía eterno. Claudia y Jamie habían decidido que los baños estaban bien para la espera más corta de la tarde, pero no así para la matutina..., sobre todo después del accidente de Jamie aquella primera mañana, por lo que de las ocho cuarenta y cinco hasta un momento más seguro después de las diez pasaban el tiempo debajo de alguna cama. Siempre se asomaban antes para ver si había polvo o no. Y, por primera vez, la razón no era porque Claudia fuera una tiquismiquis. La razón era la razón: un piso sin polvo significaba que lo habían limpiado recientemente, y era menos probable que los descubriera alguien que estuviera trapeando.

Jamie esperaba parado encima del escusado. Apoyó la cabeza contra la pared y se preparó para lo que seguía. El guardia entraría para realizar un chequeo veloz del baño. Jamie aún sentía un tintineo durante esas breves inspecciones; ese momento era lo único no rutinario, y por eso se preparaba. Luego apagaban las luces. Jamie esperaba doce minutos (Claudia le llamaba margen de tolerancia) para salir del escondite.

Pero...

Pero el guardia no llegaba y Jamie no podía relajarse hasta sentir ese último tintineo. Y las luces seguían encendidas, encendidas. Jamie vio la hora de su reloj diez veces en cinco minutos; sacudió el brazo y se acercó el reloj a la oreja. Palpitaba más lento que su corazón y mucho más suavemente. ¿Qué habría fallado? ¡Habían descubierto a Claudia! ¡Ahora lo buscarían a él! Fingiría que hablaba otro idioma. No respondería ninguna pregunta.

Entonces escuchó que se abría la puerta. Pasos..., más pasos que de costumbre. ¿Qué estaba pasando? Lo más difícil era que cada célula de ese ser de nueve años que era Jamie palpitaba dispuesta a correr, y él tenía que contener toda esa energía y transformarla en un bulto quieto. Era como tratar de embutir un montón de papas en un paquete perfectamente cuadrado. Pero logró permanecer inmóvil. Por encima del sonido del agua del lavabo, escuchó las voces de dos hombres.

—Supongo que esperan aún más visitantes mañana.

—Sí. De todas maneras, los domingos siempre se atiborra.

—Será más fácil desplazar a la gente en la Gran Sala.

—Sí. Sesenta centímetros de puro mármol. ¿Cuánto crees que pueda pesar?

—Ni idea. Lo que sea que pese, tiene que manejarse con cuidado. Como si fuera un ángel de verdad.

—Vámonos pues. Seguramente ya está listo el pedestal nuevo y podemos empezar.

—¿Crees que vendrá tanta gente como la que vino para ver la Mona Lisa?

—Naaa... La Mona Lisa estuvo por una temporada corta. Además, era auténtica.

—Yo creo que ésta es...

Los hombres salieron y a su paso fueron apagando las luces. Jamie estuvo atento a que la puerta se cerrara antes de derretirse, empezando por las piernas, así que se sentó en la tapa del escusado, dejándose llenar por la oscuridad y por esa nueva revelación.

Iban a mover a Ángel. ¿Lo sabría Claudia? No permitirían que las mujeres movieran la estatua. No habría nadie lavándose las manos en el baño de mujeres. ¿Quién le daría la información a Claudia? Él lo haría usando la telepatía. Pensaría en un mensaje para Claudia. Cruzó los dedos, se puso las manos en la frente y se concentró. *Quédate quieta,*

Claudia. Quédate quieta. Quédate quiete. Claudia, quédate quieta. Pensó que Claudia criticaría la gramática de su telegrama mental; querría que Jamie pensara *permanece en tu lugar*. Pero Jamie no quería debilitar su mensaje por motivo de un cambio, por mínimo que fuera, en su redacción mental. Siguió pensando QUÉDATE QUIETA.

Debió de haber pensado QUÉDATE QUIETA lo suficientemente fuerte, pues Claudia no se movió. Nunca supieron exactamente por qué se había quedado quieta, pero así fue. Tal vez percibió algunos ruidos que le sugirieron que el museo aún no estaba vacío. Tal vez estaba demasiado cansada después de andar corriendo en Central Park. Tal vez no estaba en su destino que los atraparan. Tal vez estaban destinados a hacer ese descubrimiento.

Esperaron durante muchísimo tiempo antes de salir de su escondite para, por fin, reunirse en su recámara. Cuando llegó Jamie, Claudia estaba ordenando la ropa en la oscuridad, casi a puro tacto. Aunque no hay gran diferencia entre los calcetines de niño y de niña, a ninguno de los dos se le ocurrió usar los calcetines del otro. Los niños que siempre han tenido una recámara propia no lo hacen.

Claudia se volteó cuando oyó entrar a Jamie y dijo:

—Movieron la estatua.

—¿Cómo lo supiste? ¿Te llegó mi mensaje?

—¿Mensaje? Vi la estatua de camino a la recámara. Le pusieron una luz muy tenue. Supongo que es para que el guardia nocturno no se tropiece con ella.

—Tenemos suerte de que no nos hayan descubierto —dijo Jamie.

Claudia nunca pensó con detenimiento en la buena suerte que tenían; se había concentrado en la mala suerte.

—Pero nos atrasaron muchísimo. Yo había pensado que nos bañaríamos hoy. De verdad, no soporto una noche más sin bañarme.

—A mí no me importa.

—Anda, Lord James. Vamos a nuestro baño. Traiga su piyama más elegante. La de borlas plateadas bordada con hilo de oro.

—Y ¿dónde, mi querida Lady Claudia, pretende usted que nos bañemos?

—En la fuente, Lord James. En la fuente.

Jamie le ofreció su brazo, sobre el que colgaba su piyama de franela a rayas, y agregó:

—Lady Claudia, sabía que tarde o temprano usted terminaría por llevarme a ese restaurante.

(Me enfurece tanto, Saxonberg, tener que explicarte lo de ese restaurante. Un día de éstos, voy a obligarte a llevarme a almorzar allí. He decidido, en este instante, llevarte al museo. Más adelante verás cómo lo haré. Ahora, con respecto a lo del restaurante, te cuento que está construido alrededor de una enorme fuente. El agua de la fuente emana de unos delfines esculpidos en bronce. Los delfines parecen estar saltando del agua. En sus lomos, hay figuras que representan a las artes, figuras que parecen ondinas. Es un verdadero deleite sentarse alrededor de esa magnífica fuente, saborear unos pastelillos y tomarse un café exprés. Apuesto a que se te olvidaría hasta tu maldita úlcera estando allí.)

Lady Claudia y Lord James caminaron lentamente hacia la entrada del restaurante, y sin ningún problema se metieron por debajo del cordón de terciopelo que indicaba que el restaurante estaba cerrado al público. Ellos, por supuesto, no eran el público. Se quitaron la ropa y se metieron a la fuente.

Claudia había tomado del baño un poco de jabón en polvo, y lo había puesto en una toalla de papel esa misma mañana. Pese a que el agua estaba helada, disfrutó su baño. Jamie también lo disfrutó, aunque por razones distintas.

Al meterse a la fuente, Jamie descubrió que en el fondo había unos montículos, unos montículos de algo no muy firme. Cuando se inclinó para tocar uno, ¡descubrió que se movía! Podía incluso levantarlo. Sintió su redondez fresca y se acercó de prisa a Claudia, salpicándola mientras caminaba.

—¡Ingresos, Claudia, ingresos! —susurró.

Claudia comprendió de inmediato y comenzó a recoger los montículos con los que se había topado. Eran monedas de uno y de cinco centavos que la gente había arrojado a la fuente para pedir un deseo. Por lo menos cuatro personas habían arrojado monedas de diez centavos, y una había arrojado una de veinticinco.

—Seguramente alguien con mucho dinero arrojó esta moneda de veinticinco centavos —susurró Jamie.

—Alguien muy pobre —corrigió Claudia—. La gente adinerada sólo pide deseos de un centavo.

Entre los dos reunieron 2.87 dólares. No les cabían más monedas en las manos. Cuando por fin salieron, temblaban de frío. Se secaron como pudieron con toallas de papel (también tomadas del baño) y a toda prisa se pusieron la piyama y los zapatos.

Terminaron sus preparativos nocturnos, comieron un pequeño tentempié y decidieron que era buen momento para volver a la Gran Sala para visitar a su Ángel.

—Me encantaría poder abrazar la escultura —susurró Claudia.

—Seguramente ya está cableada con micrófonos ocultos. A lo mejor esa luz es parte de un sistema de alarma. Mejor no hay que tocarla. Puedes activar la alarma.

—Dije "abrazarla", no "cablearla". ¿Por qué querría ponerle un cable con micrófonos ocultos?

—Eso tiene más sentido que abrazarla.

—No seas tonto. Eso demuestra lo poco que sabes. Cuando abrazas a alguien, aprendes algo más acerca de esa persona. Algo más importante.

Jamie se encogió de hombros.

Ambos permanecieron mirando al Ángel un largo rato.

—¿Tú qué crees? —dijo Jamie—. ¿Lo hizo él o no lo hizo?

—Un científico no llega a ninguna conclusión hasta haber analizado todas las pruebas —respondió Claudia.

—Pues no pareces científica. ¿Qué clase de científica querría abrazar a una estatua?

Avergonzada, Claudia habló con dureza:

—Ahora nos iremos a la cama y pensaremos en la estatua con todas nuestras fuerzas. No te duermas hasta que no hayas pensado muy bien en la estatua y en Miguel Ángel y en todo el Renacimiento italiano.

Se fueron a la cama. Sin embargo, el peor momento para el pensamiento *organizado* es justo antes de dormir, cuando uno está acostado; es más bien el mejor momento para el pensamiento libre. Las ideas flotan como nubes atrapadas en una brisa volátil que se desplaza en todas las direcciones. Era muy difícil para Jamie controlar sus pensamientos cuando estaba cansado, somnoliento y acostado boca arriba. Pero Claudia había dicho que tenían que pensar, y ella era buena para planear las cosas. Así que Jamie se puso a cavilar. Las nubes con pensamientos del Renacimiento italiano se alejaron y se instalaron más y más recuerdos de su hogar.

—¿Extrañas la casa? —le preguntó a Claudia.

—No mucho —le confesó ella—. No he pensado mucho en eso.

Jamie permaneció en silencio por un minuto, y luego añadió:

—Creo que somos unos inconscientes. Deberíamos extrañar nuestra casa. ¿Crees que nuestros papás nos educaron mal? No son demasiado estrictos, ¿sabes? ¿No crees que deberíamos extrañarlos?

Claudia guardó silencio. Jamie esperó.

—¿Escuchaste mi pregunta, Clau?

—Sí, escuché tu pregunta. Estoy pensando.

Guardó silencio un rato más. Entonces preguntó:

—¿Alguna vez has sentido nostalgia por la casa?

—Claro —respondió Jamie.

—¿Cuándo fue la última vez?

—Ese día que papá nos dejó en la casa de la tía Zell para poder llevar a mamá al hospital porque iba a llegar Kevin.

—Yo también. Ese día —admitió Claudia—. Pero, claro, yo estaba mucho más chica entonces.

—¿Por qué crees que sentimos nostalgia aquel día? Ahora llevamos mucho más tiempo lejos de casa.

Claudia pensó.

—Supongo que estábamos preocupados. Híjole, si hubiera sabido que mamá iba a llegar con Kevin, habría entendido por qué estábamos preocupados. Recuerdo que tú te chupabas el dedo y no soltaste aquella vieja cobija en todo el día. La tía Zell trataba de quitártela para lavarla. Apestaba.

Jamie se rio.

—Sí, supongo que sentir nostalgia por la casa es como chuparte el dedo. Es lo que pasa cuando no estás muy seguro de ti mismo.

—O no muy bien entrenado —añadió Claudia—. Dios sabe que nosotros sí estamos bien entrenados. Sólo mira lo bien que nos las hemos arreglado. En realidad es culpa de ellos que no los extrañemos.

Jamie estaba satisfecho. Claudia lo estaba más.

—Me alegro que hayas preguntado lo de la nostalgia, Jamie. De algún modo, me siento más madura ahora. Pero, obvio, eso se debe en gran parte a que he sido la mayor de los hermanos desde siempre. Y a que me adapto muy fácilmente a las situaciones nuevas.

Y entonces se durmieron. Miguel Ángel, Ángel y el Renacimiento italiano completo tendrían que esperar hasta la mañana siguiente.

6

Aún estaba oscuro cuando despertaron, pero era más tarde de lo normal. El museo no abriría hasta la una. Claudia fue la primera en levantarse, y se estaba vistiendo cuando Jamie abrió los ojos.

—¿Sabes? El domingo sigue siendo el domingo. Se *siente* como domingo. Incluso aquí.

—Sí, ya me di cuenta —respondió Claudia—. ¿Crees que debemos intentar ir a misa?

Jamie pensó por un momento antes de responder.

—¿Por qué mejor no decimos una oración en ese pequeño cuarto de la Edad Media? Donde está ese bonito vitral.

Se vistieron y se dirigieron a la pequeña capilla, se pusieron de rodillas y rezaron el padrenuestro. Jamie le recordó a Claudia que pidiera perdón por robarse el periódico. Con eso, quedó oficializado el domingo.

—Vente —dijo Claudia, poniéndose de pie—, vamos a ver la escultura.

Caminaron hasta donde estaba Ángel y lo examinaron con mucha atención. Era difícil encontrar pistas, incluso después de sus investigaciones. Estaban acostumbrados a tener todas las pistas claramente expuestas en un nítido diagrama colocado frente a la obra.

—Insisto en que es una lástima no poderlo tocar —se quejó Claudia.

—Por lo menos estamos viviendo con él. Somos las únicas personas en el mundo que están viviendo con Ángel.

—También la señora Frankweiler. Ella podía tocarlo...

—Y abrazarlo —se burló Jamie.

—Apuesto a que ella sí sabe si lo hizo Miguel Ángel.

—Seguro que sí —dijo Jamie.

Entonces se abrazó a sí mismo, echó la cabeza hacia atrás, cerró los ojos y murmuró:

—Cada mañana al despertar, la señora Frank-weiler rodeaba a la estatua con los brazos, la miraba a los ojos y le decía "Dime algo, cariño". Una mañana, la estatua por fin le res...

Claudia estaba furiosa.

—Los hombres que la cambiaron de lugar anoche la abrazaron al moverla. Hay todo tipo de abrazos.

Se negó a mirar a Jamie de nuevo y en vez de eso, miró fijamente la escultura. El sonido de unos pasos rompió el silencio y su concentración. ¡Unos pasos se acercaban a ellos desde el Renacimiento italiano! El guardia subía la escalera. ¡Diablos!, pensó Jamie. Había demasiado tiempo antes de que abriera el museo en domingo, pero aun así ya tenían que estar escondidos en los baños. ¡Y en vez de eso, estaban allí a la vista y con una luz encendida!

Jamie tomó la mano de Claudia y la jaló hacia la caseta donde se rentan los radios portátiles para las visitas guiadas del museo. Aunque la oscuridad los ocultaba bien, se sentían tan expuestos como la enorme señora desnuda de la pintura del primer piso.

Los pasos se detuvieron frente a Ángel. Jamie envió otro mensaje telepático: "Sigue tu camino, sigue tu camino, sigue tu camino", el cual por supuesto funcionó. El guardia se dirigió a la sección egipcia para continuar su recorrido. Los niños ni siquiera se permitieron un suspiro de alivio, tal era su disciplina.

Después de diez minutos de margen de tolerancia, Jamie jaló a Claudia del dobladillo de la chamarra, y se pusieron de pie con cautela. Jamie dirigió el camino de vuelta a la gran escalinata. Mientras lo seguía, Claudia entendió la lógica de su hermano. Gracias a Dios que Jamie era capaz de pensar con tanta claridad y velocidad, y gracias a Dios por esos veinte acres de piso. El guardia se tardaría más de una hora en volver a pasar por allí.

Subieron sigilosamente por la amplia escalinata, siempre pegados al barandal. Paso, pausa, paso, pausa, hasta que llegaron arriba y se encontraron frente al pedestal donde Ángel había permanecido hasta el día anterior. Claudia se detuvo para mirar, en parte por costumbre y en parte porque cualquier cosa asociada con Ángel merecía su atención. Jamie se detuvo para recuperar el aliento.

—¿Por qué crees que cambiaron el terciopelo azul que estaba debajo de él por uno dorado? —susurró Claudia.

—Seguramente el azul se ensució. Vente, vamos a escondernos.

Claudia volvió a mirar el terciopelo. La luz comenzaba a entrar al museo. Algo encima del terciopelo le llamó la atención.

—Uno de los trabajadores ha de haber estado bebiendo cerveza cuando movió la estatua.

—La mayoría de la gente bebe cerveza —dijo Jamie—. ¿Qué tiene eso de raro?

—No está permitido que los visitantes entren con cerveza —respondió Claudia—. Me pregunto por qué se lo permiten a los trabajadores. ¿Qué tal que la derraman encima de Ángel? Mira, seguramente puso su lata de cerveza encima de esa base.

Señaló el terciopelo azul que cubría el pedestal.

—Mira los aros donde el terciopelo no está aplastado.

—Sí, cerveza Ballantine —dijo Jamie—. Esos tres aros.

Entonces comenzó a tararear la melodía de un anuncio que había escuchado durante el partido de beisbol que había visto por televisión la primavera pasada.

Claudia lo interrumpió:

—Ésos son los aros de la lata de cerveza. El logotipo de la lata es plano y está pegado a la lata. Puede tratarse de cualquier cerveza. Schlitz, Rheingold.

Jamie miró fijamente el terciopelo.

—Tienes razón, Clau. Salvo por un detalle.

—¿Cuál? —preguntó Claudia.

—Los aros de una lata de cerveza hubieran aplastado el terciopelo hacia *abajo*... y el terciopelo está aplastado hacia *arriba*.

—¿Qué clase de frase es ésa? ¡Aplastado hacia *arriba*!

—¡Ay, diablos! Sigues metiéndote con mi gramática, la sigues criticando, pero lo que sí no puedes criticar es mi lógica. El peso de la estatua aplastó todo el terciopelo, salvo donde ya no había mármol, y el terciopelo se aplastó hacia arriba. Claudia, hay una W aplastada hacia arriba dentro de uno de esos círculos que también está aplastado hacia arriba.

—Por el amor de Dios, Jamie, ésa no es una W; es una *M*.

Miró a Jamie y abrió los ojos como platos.

—¡*M* de Miguel Ángel! —exclamó.

Jamie se frotó los ojos.

—¿Sabes qué, Clau? Ayer vi ese símbolo en la portada de uno de los libros que revisé.

—¿Qué era, Jamie? ¿Qué era?

—¿Yo qué voy a saber? Se supone que tú eras la de la lectura. Yo sólo tenía que buscar imágenes y pistas.

—James Kincaid, de verdad no lo puedo creer. No lo puedo creer. Como si se te fueran a caer los ojos por leer una cosita de nada. ¡Una cosita de nada!

—Bueno, pues tenemos una pista —dijo Jamie.

—Es posible que ya sepamos la respuesta.

—Tenemos una pista importante. Apuesto a que jamás se asomaron a ver el pedestal de la estatua.

—Tenemos que volver hoy mismo a la biblioteca para averiguar qué significa ese símbolo. ¡Híjole, pero no podemos! Esa biblioteca está cerrada los domingos. Ay, Jamie, tengo que saber de qué es ese símbolo.

—Veamos si hay algo en la librería del museo. No te preocupes, Clau; voy a reconocer el libro cuando lo vea. Ahora nos tenemos que esconder.

Claudia miró su reloj.

—¿Dónde nos vamos a esconder aquí arriba? No hay muebles. No podemos arriesgarnos a bajar, es demasiado peligroso.

Jamie alzó una esquina del terciopelo azul.

—Adelante —dijo, señalando el piso debajo de la base con un gesto elegante.

Jamie y Claudia se acuclillaron debajo de la base y esperaron. Era un espacio muy estrecho. Jamie podría picarle las costillas a Claudia con sólo extender los dedos.

—Yo digo, Lady Claudia, que estamos a salvo y que tenemos una gran pista.

—Tal vez, Lord James, tal vez.

Claudia no pensaba en los momentos peligrosos que habían pasado, en realidad carecían de importancia; no tendrían ningún peso al final, ese final relacionado con Miguel Ángel, con la historia y con ella misma. Pensó en el examen de Historia que había presentado el lunes en la escuela. En esa prueba había una pregunta que le fue imposible responder. Había estudiado mucho y había leído el capítulo con cuidado. Sabía dónde estaba la respuesta: en el segundo párrafo de la columna derecha de la página 157. En su mente, era capaz de ver *la ubicación de la respuesta*, pero no podía recordar *cuál era* esa respuesta.

Ángel era la solución. Esa escultura le daría una razón de ser a su fuga así como la respuesta para regresar de nuevo a casa. Claudia sabía que allí estaba, pero no sabía cuál era. Estaba fuera de su alcance, al igual que la respuesta a la pregunta del examen... sólo que esto era más difícil, pues no estaba segura de la pregunta que intentaba responder. La pregunta tenía algo que ver con la razón por la que Ángel se había vuelto más importante que la fuga misma o incluso que su propia seguridad dentro del museo. ¡Ay! Había vuelto a donde había comenzado. Era difícil respirar debajo de aquel terciopelo. ¿Cómo podía alguien pensar en esas circunstancias? No era de extrañarse que sus pensamientos fueran circulares, pero de algo sí estaba segura: tenían una probable pista.

Se había formado una multitud frente al museo incluso antes de que abriera sus puertas. El guardia que tenía que haber quitado la base y el terciopelo azul fue requerido para colocar barreras afuera del museo y así ordenar en filas a la gente. El museo no podría prescindir de Morris hasta que la policía enviara ayuda para dirigir el tráfico peatonal. Cuando por fin quitó la base y la tela de terciopelo para llevarlas a la bodega, Claudia y Jamie ya se encontraban en la librería, revisando libros sobre Miguel Ángel.

¡Encontraron el libro con la marca en la portada! La marca realzada en el terciopelo azul era la marca de cantero de Miguel Ángel. La había cincelado en la base del mármol para identificarse como su propietario, como cuando marcan al ganado para identificar a sus dueños.

Salieron de la librería sintiéndose triunfantes, y hambrientos.

—¡Vente! —gritó Claudia en cuanto salieron—. Tomemos un taxi al restaurante de maquinitas.

—Iremos a pie —dijo Jamie.

—Ya tenemos un ingreso. Cuando nos haga falta más dinero, sólo tenemos que bañarnos.

Jamie lo pensó un segundo.

—Está bien. Podemos darnos el lujo de tomar un autobús.

Claudia sonrió.

—Gracias, señor Derroches.

—Si me vas a llamar señor Derroches, yo te puedo llamar...

—Me puedes llamar un taxi —rio Claudia, corriendo hacia la parada de autobús frente al museo.

Jamie se sentía tan satisfecho que le dio setenta y cinco centavos a Claudia para desayunar, y a él se asignó la misma cantidad. Mientras comían, discutieron sobre lo que debían hacer con la increíble información que poseían.

—Llamemos al *New York Times* —sugirió Jamie.

—¡Toda esa publicidad! Querrán saber cómo lo averiguamos.

—Llamemos al director del Metropolitano.

—Él querrá saber cómo lo averiguamos.

—Se lo diremos —dijo Jamie.

—¿Estás loco? —preguntó Claudia—. ¿Decirle que hemos estado viviendo en el museo?

—¿No crees que debemos decirle al museo lo de la marca en el terciopelo aplastado para arriba?

—Sí, tenemos la obligación de decírselo —respondió Claudia—. Hemos sido sus huéspedes durante todo este tiempo.

—Entonces encuentra la manera de que se lo digamos sin que nos descubran. Apuesto a que ya lo tienes todo pensado.

—De hecho, sí.

Claudia se recargó en la mesa y se acercó a Jamie, hablándole con su tono de agente secreto.

—Les escribiremos una carta para decirles que se fijen en la base de la estatua porque allí hay una pista importante.

—¿Qué pasa si no entienden cuál es la pista?

—Cuando necesiten ayuda con eso, les ayudaremos. En ese momento les revelaremos nuestra identidad, y estarán muy contentos de haber sido nuestros anfitriones —dijo Claudia.

Hizo una pausa lo suficientemente larga para desesperar a Jamie, pero sólo un poco.

—Éste es el plan: rentamos un apartado de correos en la estación central de Nueva York. Como cuando envías cupones de las cajas de cereales, ya ves que siempre las mandas a un apartado postal número tal y así. Bueno, pues les escribimos y les pedimos que nos envíen su respuesta al apartado de correos. Una vez que nos digan que necesitan nuestra ayuda, revelaremos quiénes somos. Como todos unos héroes.

—¿No podemos ir a casa y esperar ahí? Ayer en la noche y hoy en la mañana se pusieron feas las cosas. Además, entonces podemos ser héroes dos veces. Cuando volvamos a casa y cuando revelemos nuestras identidades.

—¡Claro que no! —gritó Claudia—. Primero, tenemos que saber bien lo de Ángel. Tenemos que tener la razón.

—¡Guau! ¿Qué te pasa, Clau? Sabes muy bien que el plan era regresar en algún momento.

—Sí —respondió—, en algún momento. Pero no en cualquier momento.

La voz de Claudia volvía a ser aguda.

—Siempre que regresamos a casa, no sé, después de visitar al abuelo, o de irnos de campamento de verano, siempre están felices de vernos.

—Pero en esos casos hacemos algo diferente, algo importante. Volver a casa sin saber a ciencia cierta lo de Ángel sería como volver del campamento de verano. No será distinto. Después de un día, quizá dos, volveremos a lo mismo de antes. Y yo no me escapé para volver a lo mismo de antes.

—Pues esto ha sido más divertido que el campamento. Hasta la comida es mejor, y eso es diferente.

—Pero, Jamie, eso no basta.

—Sí, sé que no basta. Me la paso con hambre.

—Me refiero a que la diferencia no basta. Es como nacer con buen oído, o nacer como todos y luego ganar la Medalla de Honor del Congreso, o ganarte un Óscar. Ésas son las diferencias que duran toda la vida. Averiguar lo de Ángel marcará ese tipo de diferencia.

—Yo creo que tú ya eres diferente, Clau.

—¿De veras? —preguntó, luego sonrió y bajó la mirada con modestia, lista para un cumplido.

—Sí. Todos estamos cuerdos y tú estás loca.

—¡James Kincaid!

—Okey, okey. Yo también estoy loco. Te voy a seguir la corriente. Además, algunas de las complicaciones se están volviendo interesantes, aunque otras no dejan de ser aburridas. ¿Cómo vas a cambiar tu letra?

—No tendré que cambiarla. Usaré una máquina de escribir.

Claudia esperó la expresión de sorpresa en el rostro de Jamie, y la obtuvo.

—¿De dónde vas a sacar una máquina de escribir?

—De afuerita de la tienda de Olivetti en la Quinta Avenida. Pasamos por allí dos veces ayer. Una cuando hiciste que nos regresáramos a pie de la lavandería. Y la otra cuando caminamos de una biblioteca a otra. Está atornillada a una base frente al edificio, para que cualquiera la use. Ya sabes, para que la prueben. Es gratis.

Jamie sonrió.

—Menos mal que estoy obsesionado con eso de andar a pie. Si no, jamás hubieras visto esa máquina.

—Y menos mal que soy tremendamente observadora.

Caminaron por la Quinta Avenida y se fascinaron al encontrar que ya había una hoja de papel dentro de la máquina. En la parte superior de la hoja, alguien había escrito: "Ha llegado el momento de que todo buen hombre apoye a su partido". Claudia no sabía que se trataba de una frase muy común que se usaba para practicar mecanografía. Pensó que le quedaba bien a su mensaje y que además le daría un toque de misterio adicional. (Aquí, Saxonberg, está una copia de la carta que redactó Claudia. Como verás, su mecanografía podría mejorar bastante.)

Ha llegado el momento de que todo buen hombre apoye a su partido;

> *Estimado Director del Museo:*
> *Pensamos que debería usted examinar la base de la estatua para obtener una pista importandte. La estatua a la que nos referimos es lla que compró por 225 dólares. Y la pista es que encontrará la marcca de cantero de Miguel Ángel en la base. Si necesita ayuda con esta pista, nos puede escribir al apartado postal Grand Cnetral en Manhanttan.*
>
> *Atentamente,*
> *Amigos del Museo*

Complacidos con su trabajo, sintieron que podían descansar el resto del día. Deambularon por el Rockefeller Center y observaron a los patinadores; luego, a la multitud que observaba a los patinadores. Cuando volvieron al museo llenos de satisfacción y con tentempiés para la cena, vieron una larga fila de visitantes domingueros en espera de subir la escalera del museo. A sabiendas de que todos en aquella fila serían movilizados como ganado, y de que pasarían frente a la estatua en cuestión de minutos, decidieron entrar por la puerta trasera. El guardia de esa puerta les dijo que tendrían que usar la puerta de la Quinta Avenida si deseaban ver a Ángel.

—¡Ah, eso ya lo vimos! —dijo Jamie.

El guardia, quizá por amabilidad, cortesía o tal vez pura soledad (muy poca gente había entrado por esa puerta aquel día), le preguntó a Jamie que qué opinaba de la estatua.

—Pues sí nos hace falta investigar un poco más, pero me parece que...

Claudia lo jaló del brazo.

—Vámonos, *Alberto* —le dijo.

De camino a las salas que contenían vasijas griegas, volvieron a ver una gran multitud pasando frente a la escultura.

—Como estaba a punto de decirle al guardia, me parece que deberían de tratar de llegar al *fondo* del misterio.

Claudia rio; Jamie también. Pasaron el tiempo justo deambulando por entre las vasijas griegas, para poder acudir a sus puestos de espera sin que nadie los descubriera.

7

Cuando salieron del museo el lunes por la mañana, Claudia se dirigió a la parada de autobús sin siquiera consultar a Jamie.

—¿No crees que deberíamos desayunar primero?

—El correo sale temprano —le respondió Claudia—. Además, queremos que la carta les llegue lo antes posible.

—Les llegaría más rápido si se la entregáramos en la mano —sugirió Jamie.

—Buena idea. Iremos a que nos den el número de nuestra caja de apartado postal y después de llenar ese espacio en la carta, la llevaremos a la oficina del museo.

Como Jamie era el tesorero oficial del equipo, fue él quien se acercó al hombre que estaba detrás de la ventanilla enrejada de la oficina de correos.

—Me gustaría alquilar una caja de apartado —declaró.

—¿Por cuánto tiempo? —preguntó el hombre.

—Por unos dos días.

—Lo siento —dijo el hombre—, los alquilamos por trimestre.

—Está bien. ¿Cuántos trimestres son dos días?

—Un trimestre son tres meses —dijo el hombre.

—Un momento —dijo Jamie.

Sostuvo una conferencia en susurros con Claudia.

—Adelante. Alquílalo —le dijo Claudia.

—Nos va a costar un dineral.

—¿Por qué no preguntas antes de discutirlo?

El susurro de Claudia comenzaba a sonar como agua fría sobre un sartén caliente.

—¿Cuánto cuesta un trimestre? —le preguntó al hombre.

—Cuatro dólares con cincuenta centavos.

Jamie le frunció el ceño a Claudia.

—¿Viste? Te lo dije: un dineral.

Claudia se encogió de hombros.

—Hoy por la noche nos daremos un largo, largo baño.

El trabajador de correos no se inmutó. Las personas que trabajan en la oficina de correos de Grand Central se acostumbran a oír cosas extrañas. Oyen tantas. Nunca dejan de escucharlas, simplemente dejan de enviar el mensaje a sus cerebros; es como hablar por teléfono con nadie del otro lado de la línea.

—¿Lo quieres o no lo quieres? —dijo el hombre.

—Lo quiero.

Jamie pagó la renta, firmó una ficha con el nombre de Angelo Michaels, y como dirección puso Marblehead, Massachusetts. Recibió una llave para la caja de apartado número 847. Jamie-Angelo-Kincaid-Michaels se sintió importante con una llave para su propio buzón. Encontró el casillero y abrió la pequeña puerta.

—¿Sabes qué? —le dijo a Claudia—. Se parece mucho a Horn y Hardart's, salvo que podría haber una cena de espagueti para los dos detrás de la pequeña puerta, en vez de un espacio vacío.

Pagar cuatro dólares con cincuenta centavos por un espacio vacío no había sido fácil para Jamie. Claudia sabía que no tomarían un autobús de regreso al museo. Y en efecto, no lo tomaron.

Tanto Claudia como Jamie querían entregar la carta, pero pensaban que ninguno de los dos debía hacerlo: era demasiado peligroso. Decidieron pedirle a alguien que la entregara en lugar de ellos, alguien con mala memoria para las caras. Alguien de su propia edad sería ideal; alguien que tal vez fuera curioso pero que no se interesara demasiado en ellos. Lo más fácil sería encontrar a un grupo escolar y seleccionar a su mensajero entre los niños. Comenzaron su búsqueda en los lugares de siempre: Armas y Armaduras, el Instituto de Indumentaria, Arte egipcio. Cuando se acercaban a la sección egipcia, escucharon pasos y un sonido que reconocieron como el movimiento de sillas plegables y tapetes de hule. No tenían nada de ganas de volver a escuchar la plática acerca de las momias; era como con la televisión, tampoco solían ver programas repetidos. Pero decidieron echarle un ojo al grupo, así que esperaron dentro de la tumba.

(Ahora, Saxonberg, tengo que hablarte de la tumba egipcia llamada mastaba. No está completa; es sólo la entrada. Puedes meterte, puedes pasar mucho tiempo dentro de ella, puedes tratar de leer los jeroglíficos en las paredes, o puedes optar por no leer nada. Leas o no leas, pases poco o mucho tiempo allí, dentro de ese trozo del antiguo Egipto, habrás cambiado de aires al menos por ese rato. No es difícil esperar en ese lugar.)

El grupo pasaba frente a la entrada de la tumba. Claudia y Jamie esperaban relajados, absortos en el vacío del tiempo creado por las cálidas paredes de piedra. Nubes de conversaciones rompieron el silencio de su tumba.

—Sarah parece faraón. Pasa la voz.

—¿A qué hora vamos a comer?

—Híjole, yo ya me cansé de caminar.

La conversación les llegaba suave y cómodamente y los fugitivos sabían que se trataba de un grupo de la edad ideal. Así hablaban los niños de su escuela. Las palabras continuaron como una llovizna dentro de su albergue.

—Oye, Rube, mira esto.

—Ándale, Bruce, préstamelo.

De pronto, algo más los envolvió. Algo mucho menos cómodo. ¡Familiaridad! Los nombres, Sarah, Bruce, Rube, les eran conocidos... Siglos atrás, en una época muy distinta a la de la mastaba, habían escuchado estos nombres, en un salón, en un autobús...

Los sonidos se hicieron más fuertes, más cercanos. Entonces, una pequeña nube estalló justo del otro lado de la entrada.

—Vente, volvamos a entrar aquí.

Las miradas de Jamie y Claudia se encontraron. Jamie abrió la boca. Claudia no quiso esperar para saber si la había abierto a causa de la sorpresa, o para decir algo. Le tapó la boca lo más rápido que pudo.

—Vamos, niños. No se alejen del grupo —exhortó una voz adulta.

Claudia le destapó la boca a Jamie. Lo miró solemnemente y asintió con la cabeza. La voz del "vamos, niños" pertenecía a la señora Clendennan, la maestra de tercer grado de Jamie. Rube era Rueben Hearst, y Bruce era Bruce Lansing. Sarah era Sarah Sawhill, y para desgracia suya sí se parecía bastante a un faraón. Aunque resulte difícil de creer, la montaña había llegado a Mahoma; su escuela había llegado a ellos. O por lo menos el grupo de Jamie.

Jamie estaba furioso. ¿Por qué Claudia le había tapado la boca? ¿Acaso pensaba que no tenía sentido común? Frunció el ceño, poniendo su mejor cara de enojado. Claudia se puso el dedo frente a los labios, indicándole a Jamie que guardara silencio. Los sonidos de los pasos y empujones del tercer año de primaria se fueron desvaneciendo. La quietud de la antigüedad volvió a la tumba.

Pero no volvió a Jamie. No se pudo aguantar ni un minuto más. Aún sentía el peso de la mano de Claudia sobre su boca.

—Me están dando ganas de unirme a ese grupo y volver con ellos y hacerme el misterioso y no decirles de dónde salí.

—Si haces eso, demostrarás que tienes medio cerebro. Exactamente la mitad de uno. Sólo la mitad. Algo que vengo sospechando desde hace tiempo. Ni siquiera eres capaz de darte cuenta de que esto es perfecto.

—¿Cómo que perfecto?

Claudia se tranquilizó.

—Tú vas a ir a la oficina del museo. Les vas a entregar la carta. Les vas a decir que estás en el grupo de tercer año que vino desde Greenwich a visitar el museo, que alguien te pidió que entregaras la carta y que la maestra te dio permiso de hacerlo. Si te piden tu nombre, di que te llamas Bruce Lansing. Pero sólo si te lo piden.

—¿Sabes qué, Clau? Los ratos en los que dejo de querer darte un puñetazo en la nariz, me alegro de que estés en mi equipo. Aunque sea difícil vivir contigo, eres muy lista.

—¿Entonces lo harás? —preguntó Claudia.

—Sí, lo haré. Y sí es perfecto.

—Hagámoslo rápido, antes de que regresen.

Jamie entró a la oficina del museo, y Claudia montó guardia cerca de la puerta. Su idea era entrar a la oficina si volvía a aparecer el grupo. Jamie no tardó; todo había marchado bien y no le habían pedido su nombre. Claudia lo tomó del brazo cuando salió. Toda la energía del nudo de tensión dentro de Jamie se desató. Se derrumbó con tal fuerza, como si Claudia de pronto hubiera saltado del subibaja con él aún sentado del otro lado.

—¡Uff! —gritó Jamie.

Claudia estuvo tentada a taparle la boca de nuevo, pero se contuvo. En vez de eso, lo dirigió hacia la puerta y hacia el tumulto de la Quinta Avenida, y comenzó a caminar hacia el norte de Manhattan lo más rápido que pudo.

8

El martes volvieron a lavar su ropa sucia. En esta ocasión, el producto de sus esfuerzos se veía un poco más gris que la vez anterior. El suéter de Claudia se había encogido de manera notable.

Sabían que era muy pronto para tener una respuesta a su carta, pero de todos modos no fueron capaces de resistir la tentación de ir a la oficina de correos de Grand Central para echar un ojo. Era mediodía cuando finalmente se detuvieron para desayunar en un Chock Full O'Nuts de la avenida Madison. Prolongaron su estancia mucho más allá de la paciencia de la gente que esperaba para ocupar un asiento. Los hermanos temían asomarse a ver su buzón en la oficina de correos. Mientras no se asomaran, aún existía la esperanza de que encontraran la esperada carta.

No se decidieron a ir. Deambularon por las calles, se acercaron al edificio de las Naciones Unidas. Claudia le propuso a Jamie que tomaran el *tour* guiado del que ella había leído cuando estudió la guía para turistas de la Asociación Automovilística Americana.

—Hoy podemos aprender todo acerca de la ONU.

La primera pregunta de Jamie fue:

—¿Cuánto?

Claudia lo retó a entrar y averiguarlo. Cincuenta centavos por cada uno. Podían entrar si Claudia estaba dispuesta a sacrificar su postre aquella tarde.

—Ya sabes, no se puede tenerlo todo: comer pastel y también tomar el *tour* —añadió Jamie.

—¿Qué tal tomar el *tour* y comer helado de vainilla con jarabe de chocolate? —preguntó Claudia.

Se formaron en la fila y compraron los boletos para el *tour*. La muchacha encargada de venderlos les sonrió.

—¿Hoy no hubo clases? —preguntó con soltura.

—No —respondió Jamie—. Se descompuso la caldera y no hay calefacción. Tuvieron que mandarnos a casa. ¡Hubieras escuchado la explosión! Los cristales de las ventanas se rompieron; creímos que había sido un temblor. Catorce niños se cortaron y se rasparon, y sus papás están demandando a la escuela para que pague sus gastos médicos. Fue como a las diez de la mañana. Acababa de terminar nuestra clase de ortografía cuando...

El hombre que estaba detrás de Jamie y que con su bombín parecía más un empleado de la ONU que un visitante, dijo:

—Oigan, ¿por qué no avanza esta fila? *Repito*: ¿por qué no avanza esta *fila*?

Cuando la muchacha le entregaba los dos boletos a Jamie, el hombre del bombín ya estaba empujando su dinero hacia ella en el mostrador. La muchacha siguió a Jamie y a Claudia con la mirada mientras ellos se alejaban, y dijo:

—¿Dónde está su...?

No pudo completar la pregunta. El hombre del bombín la regañó:

—Ahora me explico por qué la ONU se tarda siglos en hacer cualquier cosa. Jamás he visto una fila que avance con tanta lentitud —sólo parecía que era un empleado de la ONU, pero obviamente no actuaba como si lo fuera.

La muchacha enrojeció y le entregó su boleto al hombre.

—Espero que disfrute su *tour*, señor.

Ella sí se comportaba como empleada de esa organización.

Jamie y Claudia se sentaron junto con los demás para esperar a que los llamaran por el número de sus boletos.

Claudia le habló a Jamie con suavidad.

—Tú sí que eres de ideas rápidas. ¿De dónde sacaste esa historia de la caldera?

—La he tenido lista para soltarla desde que nos fuimos de casa. Es la primera vez que he tenido la oportunidad de usarla —respondió.

—Y eso que, según yo, había pensado en todo —dijo Claudia.

—No hay problema.

—Eres un chico especial.

—Gracias —dijo Jamie, sonriendo.

El guía que llamaba a las personas por número dijo finalmente:

—Las personas con los boletos 106 y 121, favor de acercarse a la puerta frente a este escritorio. Su guía comenzará la visita ahí.

Jamie y Claudia se acercaron a la puerta. Su guía era una chica india que usaba un sari y tenía una larga trenza que bajaba por su espalda y terminaba abajo de su cintura. Con una mano, alzó la falda de su sari; su vestimenta realzaba su manera de caminar: sus pasos eran cortos y ligeros y parecía mover mucho las rodillas. Claudia observó la piel de su guía y pensó en el topacio: la piedra que corresponde a noviembre, mes en que nació su mamá. Escuchó el acento de su guía y en su mente le dio forma a los sonidos sin escuchar lo que decían.

Cuando finalizó el *tour*, Claudia no terminó hecha una experta en las Naciones Unidas, pero había descubierto algo: los saris representan una manera de ser distinta. Decidió que podía hacer una de dos cosas: cuando creciera, podía quedarse como era y mudarse a un país como India, donde nadie se vestía como ella, o podía vestirse como alguien más —como la guía india, por ejemplo— y seguir viviendo en un lugar común y corriente como Greenwich.

—¿Qué te parecieron esos audífonos, con los que puedes sintonizar casi cualquier idioma? —le preguntó Jamie—. ¿Padres, no?

Le pareció detectar en los ojos de Claudia que su mente estaba muy lejos de ahí.

—Sí —le respondió Claudia, pero sonó como "ssee-í".

Jamie inspeccionó a Claudia con atención: estaba doblando uno de sus brazos y con el otro se apretaba el vientre. Sus pasos se veían más cortos de lo normal y más ligeros que lo normal, y parecía mover mucho las rodillas.

—¿Qué te pasa? —le preguntó Jamie—. ¿Te duele la panza, o qué?

Claudia bajó la mirada para verlo y dijo:

—¿Sabes qué, Jamie? Tú serías capaz de darle la vuelta al mundo y aún así regresar a casa preguntándote si los sándwiches de atún de Chock Full O'Nuts siguen costando treinta y cinco centavos.

—¿Eso fue lo que te provocó el dolor de estómago? —le preguntó Jamie.

—¡Ay, olvídalo! ¡No dije nada!

Claudia sabía que tendría que descubrir otra manera de ser distinta. De algún modo, Ángel *sí* la ayudaría.

Sus esperanzas se concentraron más que nunca en el apartado número 847 de la oficina de correos, y al día siguiente, cuando se asomaron por la pequeña ventana, vieron un sobre. Claudia estaba preparada para el descubrimiento de grandes verdades, para ser la heroína de la escultura de Greenwich, y con sólo doce años de edad. Jamie estaba tan emocionado que apenas podía meter la llave a la chapa para abrir la caja de apartado postal. Claudia esperó mientras él abría la caja y también el sobre. Jamie sostuvo la carta desdoblada en medio de los dos para que ambos la pudieran leer. En silencio.

(Saxonberg, aquí abajo he incluido una copia de la carta que tengo en mis archivos.)

Queridos Amigos del Museo:

Les agradecemos su interés por tratar de ayudarnos a resolver el misterio de la escultura. Hace tiempo que estamos al tanto de la pista que ustedes mencionan; de hecho, se trata de la pista que más fuertemente vincula a esta obra con el maestro Miguel Ángel Buonarroti. Sin embargo, nos hacen falta más pruebas, ya que es bien sabido que Miguel Ángel no esculpió todos los bloques de mármol que fueron extraídos para él y que llevaban su marca. No podemos ignorar la posibilidad de que la obra pudo haberla hecho otra persona, o que alguien

pudo haberle cincelado un sello apócrifo posterior-
mente. En resumen, las posibilidades son:

1. La obra fue diseñada y realizada por Miguel Ángel.
2. La obra fue diseñada por Miguel Ángel pero realizada por otra persona.
3. La obra no fue diseñada ni realizada por
   Miguel Ángel.

Por supuesto, nuestro deseo es hallar las pruebas
que sostengan la primera de estas posibilidades.

Ni Condivi, ni Vasari, los biógrafos de Miguel
Ángel, quienes lo conocieron personalmente, hacen
mención alguna de que el maestro haya esculpido
este pequeño ángel; sólo mencionan el ángel que
se esculpió para el altar en Siena. Sin embargo,
en una carta que le escribió Miguel Ángel a su pa-
dre desde Roma el 19 de agosto de 1497 dice: "...
Compré un trozo de mármol... que guardo para mí
mismo, y estoy esculpiendo una imagen tan sólo
por gusto". En el pasado, los expertos creían que
la imagen que esculpió para sí mismo fue la de un
cupido. Ahora, debemos examinar la posibilidad
de que se haya tratado de un ángel.

El problema de Ángel se ha convertido ahora en una cuestión de consenso. Cuatro estadounidenses, dos ingleses y un alemán, todos ellos expertos en las técnicas de Miguel Ángel, han examinado la escultura. Nos encontramos en espera de la llegada de dos expertos más de Florencia, Italia. Una vez que todos estos expertos la hayan examinado, redactaremos un resumen de sus conclusiones, el cual haremos del conocimiento de la prensa.

Agradecemos enormemente su interés y nos encantaría que nos mantuvieran al tanto de otras pistas si acaso llegaran a encontrarlas.

Atentamente,

Harold C. Lowery
Relaciones Públicas
Museo Metropolitano de Arte

Claudia y Jamie caminaron desde la oficina de correos hasta la estación central de Nueva York y se sentaron en la sala de espera. Permanecieron en completo silencio, decepcionados más allá de las palabras. Claudia no se habría sentido tan mal si la carta hubiera sido menos amable. Una carta grosera o sarcástica puede hacer que te enojes con razón, pero ¿qué se puede hacer con una carta donde amablemente te rechazan? Nada, en verdad, salvo llorar. Y eso hizo.

Jamie dejó que llorara un rato. Permaneció sentado, moviéndose con nerviosismo y contando las bancas. Claudia siguió llorando; Jamie contó a la gente que estaba sentada en las bancas. Claudia seguía con su llanto; Jamie calculó el número de personas por banca.

Una vez que cesaron los borbotones de lágrimas, dijo:

—Por lo menos nos trataron como adultos. Esa carta está llena de palabras importantes y toda la cosa.

—¿Y qué? —sollozó Claudia—. Ni siquiera saben que no lo *somos*.

Buscaba una orilla limpia de su *kleenex* roto.

Jamie dejó que se sonara la nariz, y preguntó suavemente:

—¿Y ahora? ¿Qué hacemos? ¿Nos vamos a casa?

—¿Qué? ¿Irnos a casa ahora? Ni siquiera tenemos nuestra ropa, y tu radio está en el estuche del violín. Tendríamos que volver a casa con las manos vacías.

—Podemos dejar nuestra ropa; de todas maneras está toda gris.

—Pero ni siquiera pudimos usar tu radio. ¿Con qué cara nos vamos a presentar en la casa? Sin el radio, ni nada. Sin nada.

Claudia hizo una pausa y repitió:

—Sin nada. No hemos logrado nada.

—Logramos divertirnos —opinó Jamie—. ¿No era eso lo que querías cuando comenzamos, Clau? Siempre pensé que de eso se trataba.

Claudia volvió a derramar unas enormes lágrimas.

—Pero eso era entonces —sollozó.

—Dijiste que te irías a casa cuando supieras lo de Ángel. Y ya lo sabes.

—Por eso —sollozó—, no lo sé.

—Sabes que no sabes. La gente del museo tampoco sabe. Ándale —le rogó—, nos vamos a divertir contándoles cómo vivimos en el museo. El estuche del violín es nuestra prueba. ¿Te das cuenta de que llevamos una semana viviendo allí?

—Sí —suspiró Claudia—. Sólo una semana. Siento como si me hubiera arrojado a un lago para rescatar a un niño, y lo que pensé que era un niño resultó ser un tronco grueso y mojado. Vaya heroína. Toda mojada para nada.

Las lágrimas volvieron a brotar.

—De que te estás mojando, te estás mojando. Tú comenzaste esta aventura escapando de casa nada más. Cómodamente. Y luego, hace dos días, decidiste que además tenías que ser un héroe.

—Heroína. ¿Y cómo iba a saber que iba a querer ser una heroína, cuando no tenía idea de que quisiera ser una heroína? La estatua me dio una oportunidad... o casi me la dio. Tenemos que hacer un descubrimiento más grande.

—También la gente del museo. ¿Qué descubrimiento piensas que tú, Claudia Kincaid, niña fugitiva, puedes hacer? ¿Una grabación de Miguel Ángel diciendo "Yo esculpí a Ángel"? Pues permíteme que te lo diga. Hace 470 años, no existían las grabadoras.

—Ya lo sé. Pero si hacemos un descubrimiento de verdad, entonces sabré *cómo* volver a Greenwich.

—Tomas el tren de New Haven. Igual que como llegamos aquí —Jamie estaba perdiendo la paciencia.

—No me refiero a eso. Quiero saber cómo volver a Greenwich *distinta*.

Jamie negó con la cabeza.

—Si quieres volver distinto, puedes tomar el metro de la calle 125 y entonces tomar un tren.

—No dije *distinto*, dije *distinta*. Quiero volver distinta. Yo, Claudia Kincaid, quiero ser distinta cuando vuelva. Ser una heroína es ser diferente.

—Claudia, yo sé lo que puedes volver distinto...

—Distinta —interrumpió Claudia.

—¡Rayos, Clau! Es eso mismo. Puedes dejar de finalizar cada discusión con un sermón sobre gramática.

—Lo intentaré —dijo Claudia suavemente.

A Jamie le sorprendió su modo suave, pero continuó con un tono serio:

—Ahora, cuéntame de este descubrimiento.

—Jamie, quiero saber si Miguel Ángel lo hizo o no. No puedo explicarte por qué exactamente, pero siento que tengo que saberlo. De veras. Cueste lo que cueste. Un descubrimiento verdadero me va a ayudar.

—Si los expertos no lo saben con certeza, me tiene sin cuidado no saberlo yo. Vamos a comprar los pasajes para volver a casa.

Jamie se dirigió hacia la ventanilla de los boletos para New Haven. Claudia se quedó atrás. Jamie se dio cuenta de que no lo seguía, volvió sobre sus pasos y le dijo:

—Nunca estás satisfecha, Clau. Si te sacas puros dieces, te preguntas dónde están las menciones honoríficas. Decides que nada más te vas a escapar de casa y terminas queriéndolo saber todo; queriendo ser Juana de Arco, Clara Barton y Florence Nightingown en una sola persona.

—Nightingale —suspiró Claudia.

Se puso de pie y siguió a su hermano con lentitud, pero estaba demasiado triste para volver a casa. No podía. Simplemente no podía. No era lo correcto.

Sólo había dos ventanillas que no decían "Cerrado". Esperaron un rato corto mientras el hombre que estaba formado delante de ellos compraba un pase rojo como el que los había llevado a Manhattan.

Jamie se dirigió al hombre de detrás del mostrador y dijo:

—Dos medios pasajes para...

—FARMINGTON, CONNECTICUT —interrumpió Claudia.

—Para llegar a Farmington, tienen que ir a Hartford y tomar un autobús —dijo el vendedor de pasajes.

Jamie asintió con la cabeza y dijo:

—Espéreme tantito, por favor.

Dio unos pasos hacia atrás y tomó a Claudia del brazo. La hizo a un lado.

—La señora Basil E. Frankweiler —susurró Claudia.

—¿Qué con la señora Basil E. Frankweiler?

—Ella vive en Farmington.

—¿Y qué? —dijo Jamie—. En el periódico decía que su casa estaba cerrada.

—Su casa de Nueva York está cerrada. ¿No puedes leer nada correctamente?

—Sigue hablando así, Clau, y...

—Está bien, Jamie. Está bien. No debo hablar así. Pero, por favor, vamos a Farmington. Jamie, por favor. ¿No te das cuenta de lo mucho que me hace falta saber sobre Ángel? Es que tengo la corazonada de que nos recibirá y que ella sí sabe.

—No sabía que tuvieras corazonadas, Clau. Normalmente lo planeas todo.

—No es cierto, sí he tenido otras corazonadas.

—¿Cuándo?

—La noche que movieron la estatua y me quedé en el baño y no me descubrieron. Eso fue una corazonada. Aunque no haya sabido en ese momento que era una corazonada.

—Está bien. Iremos a Farmington —dijo Jamie.

Se dirigió hacia la ventanilla y compró pasajes para Hartford.

Esperaban en la terminal veintisiete, cuando Claudia le dijo a Jamie:

—Ésta también fue tu primera vez.

—¿De qué? —preguntó Jamie.

—De comprar algo sin preguntar primero cuánto cuesta.

—Ah. Seguro ya lo había hecho antes —respondió.

—¿Cuándo? Dime una sola vez.

—Ahora no lo recuerdo.

Jamie pensó un minuto y dijo:

—¿No he sido un codo toda la vida, verdad?

—Desde que yo te conozco —respondió Claudia.

—Pues tú me conoces desde que yo me conozco —dijo, sonriente.

—Sí —dijo Claudia—. He sido la mayor desde antes de que nacieras.

Disfrutaron del viaje en tren. Durante un gran tramo, transitaron por una zona que jamás habían visto. Claudia llegó a Hartford sintiéndose más contenta de lo que había estado desde que leyeron la carta esa mañana. Volvió a sentirse segura de sí misma.

La estación de Hartford estaba sobre la avenida Farmington. Claudia razonó que no podrían estar demasiado lejos de Farmington. ¿Para qué tomar un autobús y luego estar pensando en qué terminal se tenían que bajar? Sin consultar a Jamie, le hizo la parada a un taxi. Cuando se detuvo, Claudia se subió; Jamie la siguió. Claudia le pidió al conductor que los llevara a la casa de la señora Basil E. Frankweiler en Farmington, Connecticut. Se sentó cómodamente. Al fin, un taxi.

(Y así, Saxonberg, es como yo entro en la historia. Claudia y Jamie Kincaid me vinieron a ver para preguntarme acerca de Ángel.)

9

Por todo lo largo de mi ancha y arbolada calle, llegaron.

—¿Tú crees que la señora Frankweiler sea la dueña de la carretera? —preguntó Jamie.

—Esto no es una carretera, es parte de su pro-
piedad. Te digo, la señora está forrada de billetes.
Más cerca de la casa esto comienza a parecerse a una
entrada de coches *normal*.

Claudia descubrió que eso era cierto. Mi avenida
arbolada da la vuelta frente a la casa. Cuando Jamie
la vio, exclamó:

—Otro museo.

—Entonces vamos a sentirnos muy en casa —respondió Claudia.

Jamie le pagó al taxista. Claudia lo jaló del brazo
y susurró:

—Dale una propina.

Jamie se encogió de hombros y le dio al conductor algo de dinero. El conductor sonrió, se quitó el sombrero, se inclinó y dijo:

—Gracias, señor.

Cuando el auto se alejó, Claudia le preguntó:

—¿Cuánto le diste?

—Todo lo que tenía —respondió Jamie.

—Eso fue una estupidez —dijo Claudia—. Ahora, ¿cómo vamos a volver?

Jamie suspiró.

—Le di diecisiete centavos; no creas que fue la gran propina. Además, nunca nos hubiera alcanzado con eso para volver. Estamos en la quiebra. ¿Qué te parece, señorita Montataxis?

—Pues mal —murmuró Claudia—. Hay algo de bueno en tener dinero, y da seguridad.

—Pues, Clau, acabamos de canjear la seguridad por la aventura. Adelante, Lady Claudia.

—Ya no me puedes llamar Lady Claudia. Ahora somos pobres.

Subieron los breves y anchos escalones de mi porche. Jamie tocó el timbre. Parks, mi mayordomo, abrió la puerta.

—Quisiéramos ver a la señora Basil E. Frankweiler —le dijo Jamie.

—¿Quién la busca?

Claudia aclaró la garganta antes de responder:

—Claudia y James Kincaid.

—Un momento, por favor.

Permanecieron de pie en el recibidor durante más que "un momento, por favor", hasta que volvió Parks.

—La señora Frankweiler dice que no los conoce.

—Nos gustaría que nos conociera —insistió Claudia.

—¿Qué asunto quisieran tratar con ella? —preguntó Parks.

Parks siempre dice eso.

Ambos titubearon. Jamie fue el primero en decidirse a hablar.

—Por favor, dígale a la señora Basil E. Frankweiler que estamos buscando información sobre el Renacimiento italiano.

Parks se ausentó durante diez minutos completos antes de su segundo regreso.

—Síganme —les ordenó—. La señora Frankweiler los recibirá en su oficina.

Jamie le guiñó el ojo a Claudia. Estaba seguro de que la mención del Renacimiento italiano me había intrigado.

Siguieron a Parks a través de la sala, el salón y la biblioteca, de todos esos espacios tan llenos de muebles antiguos, tapetes orientales y candelabros pesados, que podría decirse que también están llenos de un aire antiguo. Cuando una casa es tan vieja como la mía, puedes contar con que todo va a estar endurecido por el tiempo. Incluso el aire. Después de todo lo que habían visto de la casa, mi oficina los sorprendió. Les sorprende a todos. (Alguna vez me dijiste, Saxonberg, que mi oficina se parece más a un laboratorio que a una oficina. Por eso le llamo *investigación* a lo que hago allí.) Supongo que sí se parece a un laboratorio, amueblada como lo está con acero, formica y vinyl e iluminada con luz fluorescente. Tienes que admitir, sin embargo, que hay un elemento del cuarto que sí parece oficina: las hileras de archiveros que tapizan las paredes.

Cuando entraron los niños, yo estaba sentada en una de las mesas, vestida como de costumbre, con mi bata de laboratorio blanca y mi collar barroco de perlas.

—Claudia y James Kincaid —anunció Parks.

Los dejé esperando un buen rato. Parks carraspeó al menos seis veces antes de que por fin me diera la vuelta. (Por supuesto, Saxonberg, tú bien sabes que yo no había malgastado el tiempo entre el anuncio de Parks de que Claudia y Jamie Kincaid me buscaban y el momento en que se aparecieron en mi oficina. Estaba ocupada con mi investigación, y fue cuando te hablé por teléfono. Sonabas a todo menos a un abogado cuando te llamé. ¡Qué horror!) Podía escuchar los pasos impacientes de los niños, pero Parks evitó que me interrumpieran. Movían los pies y se rascaban, y Jamie hizo como que estornudó dos veces para atraer mi atención. Es especialmente fácil para mí ignorar los estornudos fingidos, y continué con mi investigación.

No me gusta perder el tiempo, así que cuando por fin me di la vuelta, lo hice de manera abrupta y les pregunté directamente:

—¿Son ustedes los niños de Greenwich que llevan una semana desaparecidos?

(Tienes que admitir, Saxonberg, que cuando surge la necesidad, tengo una vena dramática finamente desarrollada.)

Estaban tan acostumbrados a que nadie los descubriera, que se les había olvidado por completo que eran unos fugitivos. En ese momento, su reacción fue de asombro. Los dos parecían como si alguien les hubiera metido el corazón en un embudo.

—Está bien —les dije—. No me lo tienen que decir. Ya conozco la respuesta.

—¿Cómo supo de nosotros? —preguntó Jamie.

—¿Llamó a la policía? —preguntó Claudia al mismo tiempo.

—Por los periódicos —contesté, señalando a Jamie—. Y, no —respondí, señalando a Claudia.

—Ahora, siéntense aquí los dos y háblenme del Renacimiento italiano.

Jamie le echó un vistazo a los periódicos que yo había estado consultando para mi investigación.

—¿Salimos en el periódico? —pareció darle gusto.

—Incluso sus fotos —asentí.

—Me gustaría ver eso —dijo Claudia—. No me han tomado una foto decente desde que aprendí a caminar.

—Aquí tienen.

Les ofrecí varios periódicos.

—Hace tres días aparecieron en la página cinco en Hartford, en la dos en Stamford y en la primera plana en Greenwich.

—¿La primera plana en Greenwich? —preguntó Claudia.

—¡Ésa es mi foto de la escuela de primero de primaria! —exclamó Jamie—. ¿Se fijan? Me falta un diente.

—¡Santo cielo! Esta foto mía es de hace tres años. Hace dos años que mamá ni siquiera compra mis fotos de la escuela.

Claudia alzó su foto para mostrársela a Jamie.

—¿Crees que todavía me veo así?

—¡Basta! —les dije—. ¿Qué es lo que me quieren decir acerca del Renacimiento italiano?

—¿Su mayordomo está llamando a la policía mientras usted nos entretiene aquí? —preguntó Jamie.

—No —respondí—. Y me niego a seguir tranquilizándolos. Si continúan con este tipo de conversación, me parecerán tan aburridos que llamaré tanto a sus papás como a la policía para que se los lleven de aquí. ¿Está claro, jovencito?

—Sí —murmuró Jamie.

—¿Jovencita?

Claudia asintió con la cabeza. Ambos estaban de pie con la cabeza inclinada. Entonces le pregunté a Jamie:

—¿Te doy miedo, jovencito?

Jamie alzó la mirada.

—No, señora. Estoy más que acostumbrado a cosas que dan miedo. Y usted no se ve tan mal.

—¿No me veo tan mal? No me refería a cómo me veo.

De hecho, ya casi nunca pienso en eso. Toqué la campana para que viniera Parks. Cuando llegó, le pedí que por favor me trajera un espejo. Todos esperamos en silencio hasta que Parks me lo trajo. El silencio continuó mientras yo tomé el espejo y comencé una larga y detallada inspección de mi rostro.

No está mal, aunque últimamente mi nariz parece haberse hecho más larga, y mi labio superior parece haberse colapsado contra mis dientes. Esto suele suceder cuando la gente envejece, y yo estoy envejeciendo. Debería hacer algo con mi cabello, aparte de pedirle a Parks que me lo corte: está completamente blanco y parece hilo de nailon raído. Tal vez me dé un tiempo para hacerme un permanente, pero odio los salones de belleza.

—Mi nariz se ha hecho más larga. Como Pinocho, aunque no por la misma razón. Bueno, al menos la mayor parte del tiempo —les dije, bajando el espejo.

Claudia aspiró con dificultad, y yo me reí.

—Ah, ¿entonces, estaban pensando lo mismo? No importa. En realidad nunca veo más que mis ojos. Así, siempre me siento bonita. Las ventanas del alma, ya saben.

Claudia dio un paso hacia mí.

—Pues de verdad tiene unos ojos hermosos. Son como asomarse a un caleidoscopio, ya sabe, la manera en que esos rayos dorados atrapan la luz.

Se había acercado bastante y de hecho examinaba mi rostro, lo cual era muy incómodo para mí, así que le puse punto final a la inspección.

—¿Pasas mucho tiempo viéndote en el espejo, Claudia?

—Algunos días sí. Otros, no.

—¿Quisieras verte ahora?

—No, muchas gracias —me dijo.

—Bueno, entonces —dije— continuemos. Parks, por favor, vuelve a poner este espejo en su lugar. Queremos hablar del Renacimiento italiano. James, no has dicho una sola palabra desde que me dijiste que me veo espantosa. Di algo ahora.

—Queremos saber acerca de la estatua —tartamudeó Jamie.

—Habla claro, niño —le ordené—. ¿Cuál estatua?

—La estatua del Museo Metropolitano de Nueva York. En Manhattan. La del ángel.

—La que vendió por 225 dólares —añadió Claudia.

Me dirigí a mis archivos de recortes de periódicos y extraje un sobre manila, el que tiene todos los recortes acerca de la subasta y la compra del museo. También contiene el artículo acerca de las multitudes que fueron a ver la escultura.

—¿Por qué la vendió? —preguntó Claudia, señalando la foto de Ángel.

—Porque no me gusta donar las cosas.

—Si yo fuera la dueña de una estatua tan hermosa, jamás la vendería. Ni la donaría. La cuidaría como si se tratara de un miembro de mi propia familia —proclamó Claudia.

—Si consideramos lo que le has hecho sufrir a tu familia, eso no es mucho decir.

—¿Han estado preocupados? —preguntó Claudia.

—Si no hubieras estado tan entretenida viendo tu foto en el periódico, habrías podido leer que están desesperados.

Claudia se sonrojó.

—Pero si les escribí una carta. Les dije que no se preocuparan.

—Al parecer, tu carta no sirvió de nada. Todos están preocupados.

—Les dije que no se preocuparan —repitió Claudia—. De todas maneras vamos a volver a casa en cuanto usted nos diga si Miguel Ángel hizo la estatua. ¿La esculpió?

—Ése es mi secreto —le respondí—. ¿Dónde han estado toda la semana?

—Ése es nuestro secreto —respondió Claudia, alzando la barbilla.

—¡Así me gusta! —le dije.

Ahora tenía la certeza de que me caían bien esos dos niños.

—Vamos a almorzar.

Bajo aquella luz brillante, noté que se veían arrugados, polvorientos, grises. Les di instrucciones para que se asearan en lo que yo le pedía al cocinero que preparara todo para dos personas más.

Parks llevó a Jamie a uno de los baños; mi sirvienta, Hortense, llevó a Claudia a otro. Al parecer, Claudia jamás había disfrutado tanto de su aseo personal pues se tardó horas. Pasó mucho tiempo viéndose en todos los espejos del baño. Al examinar sus ojos detenidamente, decidió que ella también era hermosa. Pero sus pensamientos se concentraron más bien en la hermosa tina de mármol negro que hay en el baño.

(Incluso para los parámetros de mi muy elegante casa, ese baño es especialmente refinado. Todas las paredes son de mármol negro, salvo una que está completamente cubierta por un espejo. Las llaves son de oro y el grifo tiene la forma de una cabeza de dragón. La tina parece una alberca de mármol negro, hundida en el piso; hay dos escalones que llegan al fondo.)

No había nada que Claudia quisiera más que bañarse en aquella tina. Examinó sus ojos un rato más y entonces habló con su imagen en el espejo:

—Nunca volverás a tener una mejor oportunidad, Lady Claudia. Adelante. Hazlo.

Y lo hizo. Abrió la llave y comenzó a desvestirse en lo que se llenaba la tina.

Mientras tanto, Jamie se había aseado como de costumbre. Es decir, se había lavado las palmas de las manos, pero no el dorso, la boca y la cara pero no los ojos. Salió del baño mucho antes que Claudia y, como se estaba impacientando, comenzó a deambular por los cuartos hasta que se topó con Hortense y le preguntó por su hermana. Siguió las instrucciones para llegar al baño de Claudia, donde escuchó que aún salía agua de la llave. Esa tina requiere de mucha agua para llenarse.

¡Suicidio!, pensó. *Se va a ahogar porque nos descubrieron.* Intentó abrir la puerta, pero estaba cerrada con llave.

—¡Claudia! —gritó—. ¿Pasa algo?

—No —respondió—, ahorita voy.

—¿Por qué te estás tardando tanto?

—Me estoy bañando —gritó.

—Qué bárbara —respondió Jamie.

Se salió para buscarme. Yo los estaba esperando en el comedor, pues estoy acostumbrada a comer a mis horas, y tenía hambre.

—La chiflada de mi hermana se está bañando ahorita, pero no se preocupe, se baña hasta cuando sale de la alberca. Hasta hizo que nos bañáramos cuando estábamos escondidos en el Museo Metropolitano. Yo creo que deberíamos empezar sin ella.

Le sonreí.

—Creo, James, que ya empezaste.

Hice sonar la campana para llamar a Parks, quien apareció con la ensalada y comenzó a servir.

—¿Cómo le hizo Claudia para bañarse en el museo? —pregunté como quien no quiere saber.

—En la fuente. Estaba fría, pero no me importó tanto cuando encontramos... Ay, no, eeeeh, este... Lo hice. Lo dije. Lo hice.

Recargó su codo en la mesa y su barbilla en la mano. Negó con la cabeza.

—A veces no sirvo para guardar secretos. No le diga a Claudia que se lo dije, por favor.

—Me da mucha curiosidad saber cómo le hicieron.

Sí me daba curiosidad, y tú bien sabes que puedo ser increíblemente encantadora cuando quiero sacar información.

—Deje que Claudia se lo cuente todo; ella lo planeó, yo sólo controlé el dinero. Ella es buena para las ideas, pero también para gastar dinero. Todo iba bien hasta hoy. Ahora estamos en bancarrota. No nos queda ni un solo centavo para volver a Greenwich.

—Pueden caminar o irse de aventón.

—Trate de decírselo a Clau.

—O se pueden entregar a la policía. La policía los llevaría a casa, o sus padres pueden venir por ustedes.

—Eso podría gustarle a Claudia, pero lo dudo. Aunque no estaría de acuerdo con obligarse a sí misma a caminar.

—Tal vez podríamos hacer un trato. Tú me das algunos detalles, y yo los llevo de regreso.

Jamie negó con la cabeza.

—Eso lo va a tener que hablar con Clau. Los únicos tratos que puedo hacer yo son los que tienen que ver con el dinero, y ya no tenemos nada.

—Pues si ése es el único tipo de trato que puedes hacer, estás arruinado.

El rostro de Jamie se iluminó de pronto.

—¿Le gustaría jugar a las cartas?

—¿Cuál juego? —pregunté.

—"Guerra".

—Supongo que haces trampa.

—Sí —suspiró.

—De todas maneras, quizá decida jugar un partido después del almuerzo.

—¿Ya podemos comer? —preguntó Jamie.

—No te preocupan mucho los modales, ¿verdad?

—Bueno —respondió—, no me preocupan mucho cuando tengo tanta hambre.

—Eres honesto para algunas cosas.

Jaime se encogió de hombros.

—Se puede decir que soy honesto para todo salvo las cartas. Por alguna razón, no puedo evitar hacer trampa con la baraja.

—Comamos —le dije.

Estaba ansiosa, pues sí disfruto de un buen partido de cartas, y Jamie me había prometido precisamente eso.

Claudia apareció cuando nos terminábamos la sopa. Percibí que estaba molesta porque no la habíamos esperado. Tenía muchas ganas de hacernos saber que estaba molesta y el porqué, pero no perdió la compostura, le preocupaban excesivamente los buenos modales. Yo fingí que no me había dado cuenta de su enojo. Jamie no fingió; simplemente no lo notó.

—Me saltaré la sopa —anunció Claudia.

—Está buena —dijo Jaime—. ¿Estás segura de que no la quieres probar?

—No, muchas gracias —dijo Claudia, que seguía manteniendo la compostura.

Llamé a Parks; apareció sosteniendo una cacerola de plata.

—¿Qué es eso? —preguntó Jamie.

—*Nouilles et fromage en casserole* —respondió Parks.

Claudia mostró interés.

—Yo sí quisiera un poco, por favor. Suena como algo especial.

Parks le sirvió. Claudia miró su plato, alzó la vista y se quejó:

—Pero si no es más que macarrón con queso.

—Verás —reí—, debajo de todos estos lujos, soy una señora común y corriente.

Entonces Claudia se rio. Todos nos reímos, y comenzamos a disfrutar de nuestro almuerzo. Le pregunté a Claudia qué le gustaría hacer mientras Jamie y yo jugábamos un partido de cartas. Dijo que le gustaría simplemente observarnos y pensar.

—¿Pensar en qué?

—En cómo vamos a volver a casa.

—Llamen a su familia —les sugerí—. Ellos vendrán por ustedes.

—Ay, es que es tan difícil de explicar por teléfono. Causaría tanta conmoción.

Yo estaba impactada.

—¿Aún piensas que no has causado ningún tipo de conmoción hasta ahora?

—No he pensado mucho en eso. He estado tan preocupada por lo de Miguel Ángel y por evitar que nos descubran. Si tan sólo me dijera si la estatua fue hecha por Miguel Ángel... Entonces sentiría que puedo volver a casa.

—¿Cómo cambiaría eso las cosas? —le pregunté.

—Las cambiaría porque... porque...

—¿Porque te diste cuenta de que huir de casa no cambiaba nada en realidad? ¿Seguiste siendo la misma Claudia de Greenwich, la que hace planes y lava y mantiene el orden de las cosas?

—Supongo que tiene razón —dijo Claudia suavemente.

—¿Entonces por qué te escapaste de casa?

Las palabras de Claudia llegaron poco a poco; por primera vez en mucho tiempo ponía en palabras sus pensamientos.

—Se me ocurrió escaparme porque estaba enojada con mis papás. Así surgió la idea. Entonces comencé a planear la fuga. Pensé que tenía que pensar en todo, y pensé muchísimo. ¿Verdad, Jamie?

Volvió la mirada hacia su hermano, y él asintió.

—Disfruté de la planeación. Nadie supo lo que estaba haciendo. Soy muy buena para hacer planes.

—Y cuantos más planes hacías, más parecía que estabas viviendo en tu casa, pero lejos —interrumpí.

—Es verdad —dijo Claudia—. Pero, en cierto modo, sí disfrutamos vivir lejos de casa.

(Fíjate cómo Claudia aún se cuidaba de no revelar dónde se habían quedado ella y Jamie. Yo aún no estaba lista para presionar. Sentí que tenía que ayudar a la chiquilla. No te rías al leer esto, Saxonberg; sí hay un poco de caridad en mí.)

—¿Qué parte de vivir lejos de casa les gustó más?

Jamie fue el primero en responder:

—No tener un horario.

Claudia se impacientó.

—Pero, Jamie, sí teníamos un horario; bueno, más o menos. El mejor que pude idear en esas circunstancias. *Eso* no fue lo más divertido de escaparnos de casa.

—¿Qué fue lo más divertido para ti, Claudia?

—Al principio, fue escondernos. Que no nos descubrieran. Y cuando escondernos se nos hizo fácil, apareció Ángel. De alguna manera, Ángel se volvió más importante que la huida misma.

—¿Cómo fue que Ángel se volvió parte de su huida? —ronroneé.

—No se lo diré —respondió Claudia.

Puse cara de sorpresa y pregunté:

—Pero ¿por qué no?

—Porque si le digo cómo nos involucramos con Ángel, será decirle demasiado.

—¿Como decirme dónde han estado toda la semana?

—Puede ser —Claudia respondió con soltura.

—¿Y por qué no me lo quieres decir?

—Se lo dije antes; ése es *nuestro* secreto.

—¡Ah! No quieres perder tu herramienta de negociación —alardeé—. ¿Por eso no me vas a decir dónde estuvieron?

—Es una de las razones —dijo Claudia—. La otra es que... creo que..., es que si le digo, entonces sé que habrá terminado mi aventura. Y no quiero que se termine hasta estar segura de que he tenido suficiente.

—La aventura ha terminado. Todo se acaba, y nada nunca es suficiente, excepto la parte que llevas dentro de ti. Es como irte de vacaciones. Hay personas que dedican todas sus vacaciones a tomar fotos, para que al volver les puedan demostrar a sus amigos que se la pasaron bien. No se detienen para dejar que esas vacaciones entren en ellos y se las puedan llevar a casa.

—Pues en verdad no quiero decirle dónde hemos estado.

—Ya lo sé —respondí.

Claudia me miró.

—¿Sabe que no se lo quiero decir, o sabe dónde hemos estado? ¿A qué se refiere?

—A las dos cosas —le dije suavemente, y seguí comiendo mis *nouilles et fromage en casserole.*

Claudia miró a Jamie. Jamie se había deslizado en su asiento y se había cubierto la cara con la servilleta. Claudia saltó de su silla y jaló la servilleta que cubría el rostro de Jamie. Rápidamente Jamie colocó sus antebrazos donde había estado la servilleta.

—Se me salió, Clau; se me salió.

Jamie se tapaba la boca con los brazos de modo que su voz sonaba amortiguada.

—Se me olvidó, Clau. Hace tanto tiempo que no platicaba con nadie que no fueras tú.

—No se lo hubieras dicho. Me escuchaste decirle que era nuestro secreto, y dos veces. Ahora, todo está perdido. ¿Cómo le voy a hacer para que nos lo diga? Tuviste que soltar la sopa. ¡Boquiflojo!

Jamie me miró en busca de compasión.

—Se pone sentimental a veces.

—Claudia —le dije—, toma asiento.

Ella obedeció, y yo continué.

—No todo está perdido. Voy a hacer un trato contigo. Con los dos. Antes que nada, dejen de referirse a mí como *ella*. Soy la señora Basil E. Frankweiler. Y si me cuentan todos los detalles de su huida, si me lo dicen todo, *todo*, los llevaré a casa. Le pediré a Sheldon, mi chofer, que los lleve.

Claudia negó con la cabeza.

—Un Rolls Royce, Claudia, y un chofer. Es una muy buena oferta —le dije en tono de burla.

—¿Qué tal, Clau? Mucho mejor que ir a pie —dijo Jamie.

Claudia frunció el ceño y cruzó los brazos.

—No es suficiente. Quiero saber acerca de Ángel.

Me alegraba no estar tratando con una niña tonta. Admiraba su espíritu, pero más que eso, quería ayudarla a valorar su aventura. Claudia todavía la entendía como algo con lo que podría comprar algo: primero el reconocimiento, ahora la información. Sin embargo, Claudia estaba entrando de puntillas al mundo de los adultos. Y decidí darle un empujoncito.

—Claudia, James. Los dos. Vengan conmigo.

Caminamos en fila a través de varios cuartos hasta llegar a mi oficina. Por un momento, me sentí como alguien a la cabeza en un juego de "sigan al líder".

Jamie emparejó sus pasos con los míos y dijo:

—Para ser una viejita, usted camina bastante rápido.

Claudia alcanzó a Jamie y le dio una patada.

Llegamos a mi oficina y con un gesto les pedí que se sentaran.

—¿Ven esos archiveros a lo largo de toda la pared? —les pregunté, señalando la pared del lado sur—. Ésos son mis secretos. En uno de esos archiveros, está el secreto sobre Ángel, de Miguel Ángel. Compartiré ese secreto con ustedes como parte del trato. Pero por el momento la información que yo tengo es más importante que la de ustedes. De modo que están en desventaja. La desventaja consiste en que deben encontrar el archivo secreto ustedes mismos, y tienen una hora para hacerlo.

Me di la vuelta para irme, y entonces recordé:

—Y no quiero que revuelvan mis archivos o que queden hechos un desastre. Tienen un orden especial que sólo yo entiendo. Si mueven las cosas de lugar, no podré encontrar nada, y nuestro trato se cancela.

Jamie intervino:

—Usted sí que sabe poner nervioso a cualquiera.

Me reí y salí del cuarto. De puntillas, me metí al gran clóset que tengo junto a mi oficina. Desde allí vi y escuché todo lo que hicieron.

De inmediato, Jamie se puso de pie y comenzó a abrir los cajones de los archiveros.

—¡DETENTE! —gritó Claudia.

Jamie se detuvo en seco.

—¿Qué te pasa, Clau? Sólo tenemos una hora.

—Cinco minutos de planeación valen lo mismo que quince minutos de buscar así nomás. Rápido, dame el lápiz y el cuaderno que están en esa mesa.

Jaime corrió para tomarlos. De inmediato, Claudia comenzó a hacer una lista.

—Aquí está lo que vamos a buscar. Yo me encargo de los números nones; tú, de los pares.

—Yo quiero los nones.

—Por el amor de Dios, Jamie. Hazte cargo de los nones, entonces.

He aquí la lista que hizo Claudia:

1. Miguel Ángel
2. Buonarroti
3. Ángel
4. Galerías Parke-Bernet
5. Museo Metropolitano de Arte
6. Renacimiento italiano
7. Subastas

8. Escultor

9. Mármol

10. Florencia, Italia

11. Roma, Italia

Jamie revisó la lista.

—Cambié de opinión. Me haré cargo de los pares. Hay uno menos.

—¡Qué manera de perder el tiempo! —gritó Claudia—. Hazte cargo de los pares, entonces, pero como vas.

Comenzaron a trabajar muy rápido. Una o dos veces, Claudia le advirtió a Jamie que no fuera a hacer un desastre. Habían terminado con la lista, con los nones y con los pares. Había archivos para la mayoría de las categorías que buscaron, pero al examinarlos, no hallaron una sola mención de Ángel. Claudia se sentía deprimida. Miró el reloj: seis minutos para la hora.

—Piensa, Jamie, piensa. ¿Qué más podemos buscar?

Jamie entrecerró los ojos, una señal de que estaba pensando mucho.

—Búscalo bajo...

—¿Qué tipo de lenguaje es ése? Búscalo *bajo*...

—¡Demonios, Clau! ¿Por qué siempre criticas mi gram...

—¡Espera! Ya lo tengo, Jamie. Compró a Ángel en Bolonia, Italia. Eso decía en el periódico. Busca Bolonia.

Ambos corrieron de regreso a los archiveros y extrajeron un archivo repleto de papeles y documentos. Estaba etiquetado con las palabras: BOLONIA, ITALIA. Sabían, incluso antes de abrirlo, que era el correcto. Yo también lo sabía: habían encontrado el archivo que contenía el secreto.

Claudia ya no tenía prisa; caminó con tranquilidad hacia una mesa, colocó allí el archivo con cuidado, se alisó la falda y se sentó en una silla. Jamie daba de saltos.

—Apúrate, Clau. Ya casi terminó la hora.

Claudia se tomaría su tiempo. Con cuidado, abrió el archivo, casi con temor a lo que podría encontrar. La prueba estaba prensada entre dos hojas de cristal. La prueba era un papel muy especial y muy antiguo. De un lado estaba escrito un poema, un soneto. Como estaba escrito en italiano, ni Claudia ni Jamie lo pudieron leer, pero sí pudieron ver que la escritura era angulosa y bella, casi una obra de arte en sí misma, y además había una firma: Miguel Ángel. El otro lado del papel no requería de una traducción. Allí, en medio de bocetos de manos y torsos, había uno de alguien que conocían: Ángel. Los primeros trazos de una idea que se convertiría en un misterio 470 años más tarde. Allí, en ese viejo trozo de papel, yacía la idea tal y como había viajado de la mente a la mano de Miguel Ángel, y la había anotado.

Claudia miró el boceto hasta que la imagen se tornó borrosa. Lloraba. Al principio no dijo nada; tan sólo permaneció en la silla mientras las lágrimas se deslizaban lentamente por su cara, y se abrazaba del marco de cristal, moviendo la cabeza de un lado a otro. Cuando por fin encontró su voz, era una voz apenas perceptible, la voz con la que hablaba en la iglesia:

—Imagínate, Jamie: el mismo Miguel Ángel tocó esto, hace más de cuatrocientos años.

Jamie examinaba el resto del archivo.

—El cristal —le dijo—. Apuesto a que no tocó el cristal. ¿Tiene sus huellas digitales?

No esperó a que Claudia le respondiera antes de hacer otra pregunta.

—¿Qué crees que son todos estos otros papeles?

—Son parte de mis investigaciones sobre Ángel —respondí al tiempo que salí de mi escondite en el clóset—. Miguel Ángel lo esculpió en Roma, ¿saben? Lo archivé en la *B* de Bolonia sólo para hacerlo más difícil.

Los niños me voltearon a ver, sobresaltados. Así como se habían desecho de la sensación de urgencia, también se habían olvidado de mí. Encontrar un secreto puede hacer que todo lo demás pierda importancia, ¿sabes?

Claudia no dijo nada, nada, nada. Siguió abrazada del dibujo, apretándolo contra su pecho y meciéndose hacia delante y hacia atrás. Parecía estar en trance. Jamie y yo la miramos fijamente hasta que ella sintió nuestras miradas como cuatro rayos láser. Nos volteó a ver y sonrió.

—Miguel Ángel sí esculpió la estatua, ¿verdad, señora Frankweiler?

—Por supuesto. Lo he sabido desde hace mucho tiempo. Desde que ese boceto llegó a mis manos.

—¿Cómo consiguió el boceto? —preguntó Jamie.

—Lo obtuve después de la guerra...

—¿Cuál guerra? —interrumpió Jamie.

—La Segunda Guerra Mundial. ¿A cuál crees que me refería? ¿A la Revolución americana?

—¿A poco es usted tan vieja? —preguntó Jamie.

—Ni siquiera voy a responder esa pregunta.

—Guarda silencio, Jamie. Deja que nos cuente —dijo Claudia.

Pero ella tampoco pudo guardar silencio, y se adelantó con una explicación:

—Apuesto a que usted ayudó a algún miembro de la nobleza italiana a escaparse, o a algún descendiente de Miguel Ángel, y él le dio el boceto como símbolo de su eterno agradecimiento.

—Ésa es una explicación, pero no la correcta. Sí hubo un miembro de la nobleza italiana. Esa parte es correcta.

—¿Se lo vendió? —quiso saber Jamie.

Claudia se volvió a precipitar con otra explicación:

—Él tenía una hermosa hija que necesitaba urgentemente una operación y usted...

Jamie interrumpió:

—Silencio, Claudia —dijo Jamie, y se dirigió a mí:

—¿Por qué se lo dio a usted?

—Porque era muy muy malo para el póquer y yo soy muy buena.

—¿Ganó la estatua en un juego de cartas? —preguntó Jamie.

Podía ver cómo crecía la admiración en sus ojos.

—Así es.

—¿Hizo trampa? —preguntó.

—Jamie, cuando hay mucho en juego, nunca hago trampa. Me considero demasiado importante como para hacer eso.

—¿Por qué no vende el boceto? Podría conseguir un dineral. Tiene que ver con la estatua y todo eso.

—Necesito el secreto más de lo que necesito el dinero —le dije.

Yo sabía que Claudia podría comprenderlo. Jamie se veía confundido.

—Gracias por compartir su secreto con nosotros —susurró Claudia.

—¿Cómo sabe que le vamos a guardar el secreto? —preguntó Jamie.

—Vamos, un niño que hace trampa en los juegos de cartas debe poder responder a esa pregunta.

En el rostro de Jamie se dibujó una gran sonrisa.

—¡Un soborno! —exclamó—. ¡Nos va a sobornar! ¡Aleluya! Dígame. Estoy listo. ¿Cuál es el trato?

Me dio risa.

—El trato es el siguiente: ustedes me cuentan todos los detalles de su fuga, y yo les doy el boceto.

Jamie jadeaba.

—Eso no parece un soborno. Eso ni siquiera parece algo que usted haría, señora Frankweiler. Usted es más lista que eso. ¿Cómo sabe que no se me saldrá su secreto, así como se me salió lo del museo?

Ese chico me divertía de verdad.

—Tienes razón, Jamie. Soy más lista que eso. Tengo una técnica para asegurarme de que no se te saldrá lo del boceto.

—¿Cuál?

—No les voy a dar el boceto así, de inmediato. Se los voy a dejar en mi testamento. No revelarás mi secreto porque, si lo haces, los sacaré del testamento. Perderían todo ese dinero. Tú mismo dijiste que el boceto vale una fortuna. De modo que vas a guardar muy bien este secreto. Claudia guardará silencio por otro motivo, pues su motivo es el mismo que el mío.

—¿Y por qué? ¿Cuál es? —preguntó Jamie.

—Simplemente porque es un secreto. Es lo que le va a permitir volver a Greenwich *distinta*.

Claudia miró a Jamie y asintió con la cabeza: algo que yo acababa de decir le hizo comprender.

Continué:

—Regresar con un secreto es lo que ella realmente quiere. Ángel tenía un secreto y eso hacía que fuera algo emocionante, importante. Claudia no quiere aventuras: le gustan demasiado los baños y la comodidad. Los secretos son el tipo de aventuras que ella necesita. Los secretos son más seguros, y te hacen distinta…, por dentro, que es donde más cuenta. Ustedes en realidad no me van a dar un secreto; me van a dar detalles. Colecciono todo tipo de cosas además del arte —dije, señalando mis archivos.

—Si todos esos archivos son secretos, y si los secretos hacen que uno sea distinto por dentro, entonces su interior, señora Frankweiler, debe de ser el interior más confuso, más distinto que yo jamás haya visto. O que haya visto cualquier doctor.

Le sonreí.

—Hay una vida entera de secretos en esos archivos. Pero también hay un montón de recortes de periódico. Basura. Es un revoltijo. Como mi colección de arte. Ahora ustedes cuéntenme acerca de su huida, y eso lo añadiré a mis archivos.

Mientras que la emoción de Jamie salía de él en burbujeantes sonrisas y borbotones de agitación por todo el cuarto, la de Claudia fluía plácidamente. Me daba cuenta de que estaba un poco sorprendida. Había estado segura de que Ángel guardaba la respuesta, pero se había imaginado que esa respuesta sería una explosión estruendosa, no una silenciosa decantación. Por supuesto que los secretos cambian las cosas. Es por eso que se había divertido tanto planeando su huida; era un secreto. Y esconderse en el museo había sido un secreto. Pero esos secretos no eran permanentes; tendrían que llegar a su fin. No así el caso de Ángel. Claudia podría guardar el secreto de Ángel dentro de ella durante veinte años, como lo había hecho yo. Ahora, cuando volviera a casa, no tendría que ser una heroína... salvo para sí misma. Y ahora sabía algo acerca de los secretos, algo que antes no sabía.

Podría decirse que Claudia estaba contenta. La felicidad es una emoción que ha echado raíces, pero siempre hay un resquicio donde se queda revoloteando. Claudia pudo haberse callado sus dudas, pero es una niña sincera, una niña honorable.

—Señora Frankweiler —dijo, tragando saliva—, realmente me encanta el boceto. De verdad. Me encanta. Me encanta, me encanta, sencillamente me encanta. Pero ¿no cree usted que se lo debería dar al museo? Ellos mueren por descubrir si la estatua es auténtica o no.

—¡Tonterías! Ahora resulta que tienes una conciencia. Yo quiero dárselo a ustedes, a cambio de su historia. Si Jamie y tú se lo quieren dar al museo una vez que lo hereden, entonces se lo pueden dar. Yo no pienso permitir gente del museo cerca de aquí. Si pudiera, no dejaría ni siquiera que se acercaran al estado de Connecticut. No quiero que tengan ese boceto mientras yo esté viva.

Claudia se talló la frente con la manga de su suéter y preguntó:

—¿Por qué?

—Lo he pensado durante mucho tiempo, y ahora sé por qué no. Lo que harían es comenzar a investigar si el boceto es auténtico o no. Convocarían a expertos de todo el mundo, analizarían la tinta, y el papel; investigarían todos los apuntes ilustrados y harían comparaciones, comparaciones y más comparaciones. En suma, lo convertirían en una ciencia. Algunos dirían que sí, otros dirían que no. Los estudiosos debatirían sobre su autenticidad. Harían encuestas entre todas las autoridades en el tema, y probablemente la mayoría estaría de acuerdo en que tanto la escultura como el boceto son en realidad obra de Miguel Ángel. Por lo menos, ésa es la conclusión a la que habrían de llegar. Pero algunos más testarudos no estarían de acuerdo, y a partir de ese momento, la escultura y el boceto aparecerían en los libros con un gran signo de interrogación. Como yo, los expertos no creen en las coincidencias, y no quiero que pongan en tela de juicio algo que he sentido desde siempre, y de lo que he estado segura desde hace unos veinte años.

Claudia abrió enormemente los ojos.

—Pero, señora Frankweiler, si existe la más mínima duda de que la estatua o el boceto puedan ser falsificaciones, ¿no querría saberlo? ¿Acaso no quiere que se esclarezca la más pequeña duda?

—No —respondí abruptamente.

—¿Por qué no?

—Porque tengo ochenta y dos años. Por eso. ¿Te fijas, Jamie? Para que veas, a mí también se me salen las cosas. Ahora ya les dije qué edad tengo.

Jamie miró a su hermana y preguntó:

—¿Y eso que tiene que ver?

Claudia se encogió de hombros.

—Yo te diré qué tiene que ver —le dije—. Me siento satisfecha con lo que yo he investigado sobre la escultura. No tengo ganas de aprender nada nuevo.

—Pero, señora Frankweiler —dijo Claudia—, usted debería tener ganas de aprender algo nuevo todos los días. Nosotros aprendimos algo hasta en el museo.

—No —le respondí—. No estoy de acuerdo. Pienso que debes aprender, por supuesto, y hay días en los que tienes que aprender muchas cosas. Pero también debes tener días en los que permitas que lo que ya está dentro de ti se expanda hasta que lo toque todo y lo puedas sentir en tu interior. Si no te tomas el tiempo para permitir que eso suceda, entonces simplemente acumulas datos, y comienzan a traquetear dentro de ti. Puedes hacer ruido con esos datos, pero nunca sentir algo. Es algo hueco.

Ambos niños guardaron silencio, y continué:

—He reunido muchos datos acerca de Ángel y de Miguel Ángel, y he permitido que crezcan dentro de mí durante mucho tiempo. Ahora, siento que ya lo sé. Y con eso basta. Aunque sí hay una cosa nueva que me gustaría experimentar. No saber: no experimentar. Y esa única cosa es imposible.

—Nada es imposible —dijo Claudia.

Me sonó exactamente como una mala actriz en una mala obra de teatro: irreal.

—Claudia —dije con paciencia—, cuando uno tiene ochenta y dos años, no es necesario aprender algo nuevo todos los días, y uno sabe que hay cosas que son imposibles.

—¿Qué le gustaría experimentar que sea imposible? —preguntó Jamie.

—Ahorita me gustaría sentir lo que está sintiendo su mamá.

—Usted dijo que ella está desesperada. ¿Por qué querría sentir eso?

Esto lo dijo Claudia. Ahora sonaba como la Claudia Kincaid verdadera.

—Es una experiencia que me gustaría tener porque forma parte de una experiencia más grande que yo quisiera tener.

—¿Quiere decir que quisiera ser madre? —preguntó Claudia.

Jamie se acercó a Claudia y murmuró el susurro más ruidoso y húmedo que he escuchado en mi vida:

—Claro que es imposible. Su esposo está muerto. No puedes ser madre sin un esposo.

Claudia le dio un codazo a Jamie y le dijo:

—Nunca digas que alguien está *muerto*; hace que la gente se sienta mal. Mejor di *pasó a mejor vida* o *falleció*.

—Vamos, chicos. Guarden el archivo. Me tienen que contar acerca de su aventura. Todo, todo, todo. Qué pensaron y qué dijeron y cómo lograron llevar a cabo su loca travesura.

10

Mantuve despiertos a los niños hasta tarde, contándome los detalles. Jamie y yo jugamos cartas mientras Claudia registraba su voz en una grabadora. Jamie terminó con dos ases y doce cartas más que yo; el juego me costó treinta y cuatro centavos. Aún no sé cómo le hace. Era mi propia baraja; aunque estuve un poco distraída escuchando lo que decía Claudia e interrumpiéndola con preguntas; y luego entró esa llamada telefónica de sus padres. ¡Sabía que les dirías, Saxonberg! Qué combinación la tuya: corazón blando y cabeza dura. Hice mi mejor esfuerzo para convencerlos de que les permitieran quedarse conmigo y me dejaran llevarlos a casa en la mañana. La señora Kincaid me preguntó varias veces si estaban lastimados o mutilados. Creo que ha leído demasiadas notas en los periódicos acerca de niños perdidos. Ahora entiendes por qué insistí en que se quedaran a pasar la noche. Quería que se cumplieran todas las partes de nuestro trato, y tenía que obtener la información que buscaba. Además, les había prometido llevarlos en el Rolls Royce, y nunca hago trampa cuando hay tanto en juego.

Cuando llegó el turno de Jamie para registrar su versión en la grabadora, pensé que jamás lograría que dejara de jugar con los botones del aparato. Estaba fascinado con grabar algo y luego borrarlo. Terminé por regañarlo.

—No eres Lawrence Olivier haciendo el papel de Hamlet. Lo único que necesito son los hechos y cómo te sentiste, no una representación teatral.

—¿Quiere que entre en detalles, no?

—Sí, pero también quiero que acabes.

Claudia pidió un *tour* por la casa mientras Jamie contaba su historia. Hizo preguntas acerca de todo. Subimos hasta el tercer piso en el elevador, y fue de cuarto en cuarto. Yo no había recorrido la casa entera desde hace mucho, así que también disfruté del recorrido. Charlamos; también disfrutamos de eso. Claudia me platicó acerca de la rutina que tenía en casa. Cuando volvimos al baño de mármol negro, me dijo que se había bañado allí. Dejé que eligiera la recámara en la que pasaría la noche. A la mañana siguiente, muy temprano, le pedí a Sheldon que los llevara a Greenwich. Adjunto una copia de su reporte para tu entretenimiento, Saxonberg; a estas alturas, debes de estar de humor para reírte.

El niño, señora, pasó los primeros cinco minutos del viaje presionando todos los botones del asiento trasero. Los llevé en el Rolls Royce, tal y como usted me lo pidió. Algunos de los botones los oprimió por lo menos doce veces; en cuanto a los demás, les perdí la cuenta por ahí de la quinta vez. Creo que el panel de botones le dio la impresión de ser un tipo de máquina de escribir o un piano o una computadora IBM. Sin darse cuenta, encendió el botón del intercomunicador y no lo apagó. Así fue como pude escuchar su conversación completa; ellos pensaron que estaban en un espacio sellado y privado detrás del vidrio que divide el asiento delantero del trasero. La niña guardó silencio mientras su hermano probaba los botones. Todos, si me permite añadir.

Finalmente, la niña le dijo a su hermano:

—¿Por qué supones que lo vendió? ¿Por qué no lo donó al museo, y ya?

—Porque es tacaña. Por eso. Ella misma lo dijo —respondió el niño.

—No es por eso. Sabía que valía mucho, así que si fuera tacaña, nunca habría vendido a Ángel en 225 dólares.

Menos mal que la niña logró que se interesara en la conversación. Dejó de oprimir los botones. Además de olvidar apagar el intercomunicador, también olvidó apagar los limpiaparabrisas traseros. Si me permite añadir, señora, no estaba lloviendo.

—Pues la vendió en una subasta. En una subasta tienes que vender al mayor postor. Nadie ofreció más de 225 dólares. Así de sencillo.

—No la vendió por el dinero. Tendría que haber mostrado las pruebas si quería ponerle un precio alto. Vendió la escultura por diversión, por la emoción —dijo la niña.

—A lo mejor ya no le cabía en su casa.

—¿En ese museo de casa? Hay cuartos arriba que..., ay, Jamie, la escultura sólo mide sesenta centímetros de alto. La pudo haber puesto en cualquier rincón.

—¿Y *tú* por qué crees que la vendió?

La niña se dio un momento para pensarlo. (Yo tenía la esperanza de que le respondiera pronto, señora. Antes de que el niño volviera a poner su atención en los botones.)

—Porque al cabo de un tiempo, tener un secreto sin que nadie sepa que lo tienes deja de ser divertido. Y aunque no quieres que los demás sepan cuál es el secreto, quieres que al menos sepan que tienes uno.

Observé a través del espejo retrovisor, señora, que el niño reflexionó en silencio. Luego miró a la niña y dijo:

—¿Sabes qué, Clau? Voy a ahorrar mi dinero y mis ganancias, y voy a volver a visitar a la señora Frankweiler —hubo una larga pausa, y entonces añadió—: Hay algo acerca de nuestra huida que olvidé decirle a la grabadora.

La niña no pronunció palabra.

—¿Quieres venir, Clau? No le diremos a nadie.

—¿Cuánto ganaste anoche? —preguntó la niña.

—Sólo treinta y cuatro centavos. Es mucho más lista que Bruce.

—A lo mejor ya llegaron mis veinticinco centavos de los Corn Flakes. Con eso, tenemos cincuenta y nueve.

La niña guardó silencio durante unos minutos antes de preguntar:

—¿Tú crees que realmente siente eso acerca de la maternidad?

El niño se encogió de hombros.

—Vamos a visitarla cada vez que ahorremos el dinero suficiente. No se lo diremos a nadie. No pasaremos la noche en su casa, sólo les diremos a nuestros papás que vamos a jugar boliche, o algo, y en vez de eso, venimos en tren —dijo Jamie.

—La adoptaremos —sugirió la niña—. Nos convertiremos en sus hijos, o algo así.

—Está demasiado grande para ser mamá, ella misma lo dijo. Además, ya tenemos una.

—Entonces se convertirá en nuestra abuela, ya que nuestros abuelitos fallecieron.

—Y ése será nuestro secreto, que ni siquiera lo compartiremos con ella. Será la única mujer en el mundo en ser abuela sin antes haber sido madre.

Conduje hasta la dirección que me proporcionaron, señora. Las persianas estaban alzadas, y pude ver a un hombre bastante apuesto y a una mujer joven mirando por la ventana. También me pareció ver a nuestro mismísimo

señor Saxonberg. El niño abrió la puerta del auto incluso antes de que me detuviera del todo. Eso es muy peligroso. Una criatura mucho más joven, también niño, salió corriendo de la casa, adelantándose a los demás.

—¡Guau! Miren el coche. Oye, Clau, voy a ser tu *sponsablidad* el resto del...

Los niños, señora, olvidaron dar las gracias.

Bueno, Saxonberg, es por eso que les voy a dejar el boceto de Ángel a Claudia y Jamie Kincaid, tus dos nietos perdidos que tanta preocupación te causaron. Ya que piensan hacerme su abuela, y tú ya eres su abuelo, eso nos hace, eh, bueno, prefiero ni pensarlo siquiera. No eres suficientemente bueno jugando póquer.

Escribe de nuevo mi testamento con una cláusula acerca de mi legado a los niños; también incluye una cláusula acerca de esa cama que mencioné. Supongo que debería donarla al Museo Metropolitano. En realidad, no he comenzado a donar nada. Como puedes ver, todos recibirán lo que estoy heredando una vez que yo haya muerto. O debo decir *fallecido*.

En cuanto hayas incluido todo lo que describo en mi testamento, firmaré la nueva versión. Sheldon y Parks pueden ser los testigos. La firma del testamento se llevará a cabo en el restaurante del Museo Metropolitano de Arte en la Ciudad de Nueva York. Irás conmigo al museo, mi querido Saxonberg, o perderás a tu mejor cliente.

Me pregunto si Claudia y Jamie me volverán a visitar. No me molestaría que lo hicieran. Verás: aún tengo una ventaja; sé un poco más acerca del secreto de lo que ellos saben. No saben que su abuelo ha sido mi abogado durante los últimos cuarenta y un años. (Y te recomiendo que, por tu propio bien, no se los digas, Saxonberg.)

Por cierto, escuché en el radio una entrevista al nuevo Comisionado de Parques de la Ciudad de Nueva York: dijo que le habían recortado el presupuesto. Cuando el reportero le preguntó a dónde iría la partida presupuestaria que había estado destinada a los parques, el comisionado dijo que la mayor parte se destinaría a mejorar los sistemas de seguridad del Museo Metropolitano. Como sospeché que dicha medida se había tomado como resultado de algún acontecimiento especial, le pedí a

Sheldon que llamara a su amigo, Morris, el guardia, para indagar si en el museo se había descubierto algo fuera de lo normal en últimas fechas.

Morris reportó que la semana anterior, se encontró un estuche para violín en un sarcófago, y, dos días después, se encontró un estuche para trompeta. Morris dice que los guardias que llevan un año trabajando en el museo lo han visto todo; aquellos que llevan seis meses trabajando allí han visto la mitad de todo: una vez descubrieron una dentadura postiza en el asiento del carruaje etrusco. Enviaron los estuches de los niños a la sección de objetos perdidos. Siguen allí. Llenos de ropa interior grisácea y un radio de transistores barato. Hasta la fecha, nadie los ha reclamado.

ALGO MÁS
Un epílogo de la autora

En 2002, E. L. Konigsburg escribió un epílogo para una edición especial que marcó el trigésimo quinto aniversario de la primera publicación del libro *Dos niños y un ángel en Nueva York*.[1] Se ha incluido más adelante, junto con material de la cena del premio Newbery-Caldecott 1968.

Me pidieron que escribiera un prólogo para esta edición que marca el trigésimo quinto aniversario de la primera publicación del libro *Dos niños y un ángel en Nueva York*, pero yo misma jamás leo los prólogos hasta *después* de haber leído un libro, y entonces sólo los leo cuando realmente me ha gustado

---

[1] Título original en inglés: *From the Mixed-up File of Mrs. Basil E. Frankweiler.*

el libro y quiero saber algo más. De modo que, en vez de un prólogo, he escrito un epílogo y espero que lo estés leyendo porque te gustó el libro y quieres saber algo más.

Desde la primera publicación del libro en 1967, ha habido muchos *algo más* que han cambiado a la Ciudad de Nueva York, al Museo Metropolitano de Arte, y a mí.

Extrañamente, los acontecimientos del 11 de septiembre de 2001, que han cambiado para siempre la conciencia y configuración de Nueva York, no hubieran cambiado a Claudia y a Jamie. La silueta urbana que hubieran visto al llegar a Manhattan, no hubiera sido muy distinta a la que vemos (tristemente) hoy. Las torres gemelas del World Trade Center se acabaron de construir en 1973, seis años después de haber publicado por primera vez *Dos niños y un ángel en Nueva York*. La conciencia de la ciudad, asimismo, ha cambiado desde los ataques terroristas. Ahora, el espíritu de la ciudad es cortés y patriótico; en 1967, Nueva York era la sede de protestas estudiantiles, de marchas en contra de la guerra y de disturbios por cuestiones raciales. Pero Claudia y Jamie hubieran permanecido tan al margen del espíritu de patriotismo y cooperación de hoy día, como lo hubieran estado del espíritu de protesta y toma de conciencia de ese entonces, ya que su paisaje emocional no incluía el orgullo cívico o la desobediencia civil. El viaje de ellos era hacia el interior, y la guerra de Claudia era contra sí misma.

Los trenes de Greenwich siguen llegando a la estación central de Nueva York, y Claudia seguiría quejándose con Jamie de que "son más de cuarenta cuadras" de allí al museo, y Jamie seguiría quejándose de la tarifa del autobús (que hoy cuesta casi lo mismo que lo que costaba en ese entonces un pasaje sencillo en tren desde Greenwich). Olivetti ya no coloca una máquina de escribir afuera de un edificio de la Quinta Avenida. Olivetti ya no hace máquinas de escribir. (¿Acaso hay alguien que las haga?) La Biblioteca Donnell de la calle 53 sigue atendiendo a los niños, aunque el catálogo que consultaron Claudia y Jamie ha seguido el mismo camino que el de las máquinas de escribir.

Con excepción de un lector que me escribió una carta para regañarme por haber escrito que dos niños podían vivir una semana entera en la Ciudad de Nueva York con veinticuatro dólares y cuarenta y tres centavos, nadie más ha discutido conmigo acerca del costo de la vida. La mayoría de los lectores se concentran en el hospedaje gratuito de los chicos en el museo y reconocen que estos detalles —fieles a su época— son la verosimilitud que permite que Claudia y Jamie vivan más allá de los precisos detalles de la vida en 1967.

Desde 1967, el Museo Metropolitano de Arte se ha vuelto más grande y concurrido, y le ha dado un nuevo rostro a la Quinta Avenida. En ese entonces, la entrada era gratuita, ahora no lo es. La cama (ilustración en la página 54) en la que durmieron Claudia y Jamie ha sido desmantelada, y el año pasado cerraron la capilla donde Claudia y Jamie dijeron sus oraciones (página 117). Aun así, durante los últimos treinta y cinco años, el personal del museo ha recibido tantas preguntas acerca de este libro, que la primavera pasada le dedicaron un número completo de su revista *MuseumKids*. Se titula *The "Mixed-up Files" Issue*.

Una noche oscura y lluviosa de octubre de 1995, una maestra de la Universidad de Nueva York, una autoridad en escultura italiana del siglo XVI, se asomó por la puerta de vidrio de la oficina de servicios culturales de la embajada de Francia, ubicada en el número 972 de la Quinta Avenida, casi enfrente del Museo Metropolitano de Arte. Daban una fiesta, y allí, en medio del *lobby*, había una escultura de un niño de sesenta centímetros de alto. Ella había visto la escultura antes, pero aquella noche estaba muy bien iluminada, y la vio con nuevos ojos. La estudió, la investigó y, meses más tarde, le anunció al mundo entero que aquella estatua del *lobby* era un cupido, una obra temprana de Miguel Ángel.

—¿Cuál es la diferencia entre un ángel y un cupido? —inquirió Jamie.

—¿Por qué? —preguntó Claudia.

—Porque seguro hay un cupido perdido.

—Los ángeles usan ropa y tienen alas y son cristianos. Los cupidos usan arcos y flechas; están desnudos y son paganos (página 97).

La escultura de ese *lobby* está desnuda. Tiene una aljaba con flechas. Sin embargo, las opiniones a favor y en contra acerca de su autenticidad continúan y hacen eco de aquello a lo que se refiere la señora Frankweiler en las páginas 198-199.

El 23 de enero de 1996, cuando el *New York Times* publicó un artículo en su primera plana acerca del cupido del *lobby*, recibí muchas llamadas y cartas preguntándome si conocía la escultura cuando escribí *Dos niños y un ángel en Nueva York*. La respuesta es que no. Inventé la historia de Ángel, a raíz de otra historia que apareció en el *New York Times* el 25 de octubre de 1965. Aquel artículo anunciaba que el Museo Metropolitano de Arte había adquirido, en una subasta, una estatua de yeso y estuco que data del Renacimiento. (Incluso en la época en que el autobús costaba veinte centavos, 225 dólares seguía siendo una ganga, tanto así que la compra mereció ser noticia de primera plana.) Y ésa es la historia que adapté para escribir mi relato de ficción. "Ángel" se volvió parte de la historia de Claudia que versa, a su vez, acerca de un encuentro consigo misma, acerca de cómo la aventura más grande no la encuentras huyendo, sino mirando hacia dentro, el descubrimiento más grande no es encontrar quién hizo una escultura, sino encontrar aquello que te hace a ti.

El Museo Metropolitano de Arte aún no cuenta con una escultura de Miguel Ángel, pero para una generación completa de lectores, el "descubrimiento" del cupido del *lobby* fue un caso de la vida imitando al arte.

Yo también he cambiado desde 1967. Cuando escribí *Dos niños y un ángel en Nueva York*, era la madre de tres hijos y vivía en un suburbio de la Ciudad de Nueva York. Ahora soy una abuela que vive en una playa de Florida. Mi hija, Laurie, quien posó para mis dibujos de Claudia, tiene una granja en los lagos Finger de Nueva York; cultiva duraznos y frambuesas, sandías y melones, y le llama a su granja La Fundación Melón. Es la madre de Samuel Todd, acerca del que he escrito e ilustrado *Samuel Todd's Book of Great Colors* y *The Book of Samuel Todd's Great Inventions*. Mi hijo, Ross, que posó para mis dibujos de Jamie, es el papá de Amy Elizabeth, acerca de la que escribí *Amy Elizabeth Explores Bloomingdale's*, y de Sarah. Porque Ross jamás ha hecho trampa con las cartas —ni con nada— pero, al igual que Jamie, es muy bueno con el dinero, es un consultor en Washington, D. C., y también es mi asesor financiero. Mi hijo Paul, que es el joven sentado en la parte delantera del autobús en la página 21, es un científico de la computación, y es él quien me convenció de intentar escribir en una computadora, lo cual hago salvo cuando la apago para escribir a mano, como lo hice con el manuscrito de *Dos niños y un ángel en Nueva York*. Paul es el papá de Anna y Meg. Les he prometido a Sarah, Anna y Meg, que les escribiré a cada una un libro epónimo. Tenía la esperanza de que eso hiciera que buscaran el significado de *epónimo*, y así fue, pero están creciendo más rápido de lo que yo puedo escribir, así que todavía no he podido cumplir mi promesa. Aún no soy tan grande como la señora Frankweiler (página 200), y puedo decir eso a una edad que también cuenta con dos dígitos, sólo que va aumentando.

Mi adorado esposo, David, a quien está dedicado este libro, y también Jean Karl, mi editora incondicional, amaron este libro desde que nació (pueden ver la primera carta que Jean me escribió sobre el tema; aparece en la página 225). David murió el año pasado y Jean un año antes. Tristemente, ambos se perderán de este aniversario, y yo los extrañaré por siempre.

A lo largo de los años, me han escrito muchos niños para pedirme que escriba una segunda parte de esta historia. Cuando el libro ganó la medalla

Newbery en 1968, escribí una breve pieza que se le entregó a la gente que acudió a la cena de premiación. Lo incluyo en esta publicación, después de la carta de Jean. Es la única segunda parte que pienso escribir. No escribiré otra porque no hay ningún *algo más* que contar acerca de Claudia Kincaid y Jamie y la señora Basil E. Frankweiler. Son como fueron, y como espero sigan siendo otros treinta y cinco años. Les deseo un feliz aniversario y una vida larga y feliz, y espero que tú también.

E. L. Konigsburg

ATHENEUM PUBLISHERS
162 East 38th Street
New York City 10016
Murray Hill 5.3010

21 de julio de 1966

Sra. Elaine L. Konigsburg
Apartment 31
325 King Street
Port Chester, N. Y.

Estimada Sra. Konigsburg:

Desde que nos trajo el libro *DOS NIÑOS Y UN ÁNGEL EN NUEVA YORK*, me he sorprendido a mí misma riendo en más de una ocasión. Sólo lo he leído una vez, pero el recuerdo de los incidentes regresa a mí de vez en cuando.

Realmente quiero este libro. En breve le estaré enviando un contrato. Tengo algunas sugerencias que creo que lo harán un libro aún mejor, pero no quiero hacerlas hasta que haya tenido la oportunidad de leerlo de nueva cuenta. Me volveré a comunicar muy pronto.

Atentamente,

Jean Karl
Editora de libros para niños

Dos niños y un ángel en Nueva York

CLAUDIA

¿Qué estás escribiendo?

JAMIE

Una carta.

CLAUDIA

¿A lápiz? ¿A quién se le ocurre escribir una carta a lápiz? Se supone que debes usar una pluma. ¿Dónde está tu pluma?

JAMIE

Se la estoy alquilando a Bruce. Oye, Clau, ¿cómo se deletrea Newbery, como KNEW de yo *sabía* la respuesta, o como NEW de quisiera tener una hermana *nueva*?

CLAUDIA

N-E-W-B-E-R-Y.

JAMIE

¿Qué tipo de *berry* es ésa? Yo nunca he oído hablar de una *berry* con una sola R.

CLAUDIA

Ahora ya lo oíste. ¿Qué tiene Newbery que ver con las cartas?

JAMIE

¿Te acuerdas de todas esas cosas que le contamos a Frankweiler?

CLAUDIA
¿Te refieres a la señora Basil E.
Frankweiler?

JAMIE
Da igual. Bueno, pues lo puso todo den-
tro de un libro y ese libro ganó la medalla
Newbery. ¿Cómo se deletrea medalla?

CLAUDIA
M-E-D-A-L-L-A

JAMIE
¿Por qué no hay una T en medalla?

CLAUDIA
Porque el METAL es de lo que están hechas
las MEDALLAS. ¿Qué tiene de especial que
la señora Frankweiler haya ganado la medalla Newbery? Yo ya lo sabía.

JAMIE

Pues, Clau, supongo que si la medalla es de oro, la señora Basil E. Frankweiler debería darme una tajada. He estado en bancarrota desde que nos fuimos de su casa.

LA CENA DEL PREMIO NEWBERY-
CALDECOTT

******

Salón Imperial
HOTEL MUEHLEBACH
Kansas City, Missouri
25 de junio de 1968

Aquí acaba este libro
escrito, ilustrado, diseñado, editado, impreso
por personas que aman los libros.
Aquí acaba este libro que tú has leído,
el libro que ya eres.